清河往事

姜一飞 —— 著

九州出版社
JIUZHOUPRESS

图书在版编目（CIP）数据

清河往事 / 姜一飞著 . -- 北京：九州出版社，

2025. 2. -- ISBN 978-7-5225-3529-6

Ⅰ . I247.5

中国国家版本馆 CIP 数据核字第 2025HG8777 号

清河往事

作　　者	姜一飞　著	
责任编辑	周春	
出版发行	九州出版社	
地　　址	北京市西城区阜外大街甲 35 号（100037）	
发行电话	（010）68992190/3/5/6	
网　　址	www.jiuzhoupress.com	
印　　刷	武汉鑫佳捷印务有限公司	
开　　本	787 毫米 ×1092 毫米　16 开	
印　　张	13.5	
字　　数	168 千字	
版　　次	2025 年 2 月第 1 版	
印　　次	2025 年 3 月第 1 次印刷	
书　　号	ISBN 978-7-5225-3529-6	
定　　价	68.00 元	

流光容易把人抛，
红了樱桃，绿了芭蕉。

——蒋竹山《过吴江》

目 录

CONTENTS

楔

PROLOGUE

子

一、耳麦一样的清河

清河镇的地形，就像今天的头戴式耳麦。左耳听运河，右耳听长山河，环住头部的是清河。

多年以前，它是单耳——只有左耳——运河。运河静静地卧在那里，任凭长长的拖船在她的身上"突突突突"地游来，弯进清河镇的河港，在码头卸下货，这些卸下来的可不仅是有形的物质货物，也还是无形的非物质的外面来的"世面"——上海已经生产什么样带香味的肥皂啦、杭州的丝绸做到怎样鲜艳的花式啦……清河人照单全收，先是堆在码头上，然后分散到镇上的各场各地、各家各户……直到消耗殆尽，等着新的拖船载着新的物资来。拖船在运河身上沉沉地来，浅浅地走。

每天早上，有一班客船从清河镇出发，客船早先是手摇的航船，后来改成了烧柴油的轮船。

以前坐航船回来的清河人，总是天黑了才回到镇上的码头，他们看到的是清河的夜。清河镇的树啊、云啊、房子啊、船啊在运河幽幽闪亮的倒影里浮上沉下，心里总是忧急的。就像有什么事在家里发生着，急匆匆地赶路。回到家，看到大人小人都平安无事，才放下心来。早上出门去赶航船的时候，天也总是暗蒙蒙的，一夜的梦还没有彻底做完，那些跑来跑去、追来打去的小人还在脑子里上蹿下跳，自己总是跌跌撞撞的，那些树啊、墙啊、云啊、房子啊……还在脑子里摇来摆去，走在镇街上，好像整个镇子都在摇晃。

有了轮船，来去就要快多了。到清河的时候，刚刚黄昏，夕阳照在清河码头，河面上波光粼粼的。上了岸，一路走，天一点一点地黑下去，先是天空变成浅灰色的，光亮还在缓缓降落的暗色里做着挣扎，慢慢转成深灰色的，有时候深灰色里还夹着紫红色的一道道光，直到深灰色彻底转成黑色……可以看到这个镇子暗下来的全部过程，心里有数了一些，也就不那么忧急了。早上出门，天蒙蒙亮，离家的地点总是要亮一点，因为码头在西面嘛。朝着西面走，有光在身后，看着镇子一点一点亮起来，先是浅灰色的，慢慢转成淡蓝色的，淡蓝色有时候转成深蓝色的，有时候转成透明的无色。轮船开出去的时候，整个镇子就沐浴在阳光里了。时间长了，那些总是出门的人觉得自己的听力好像不如以前那么好了，老是有"突突突突"的声音在耳边回响。快是快了，耳朵不舒服了。

后来，长山河开通了，清河镇有了右耳朵。有了右耳朵，清河镇就像是长开了。

长山河上也跑起了拖船。长山河上的拖船总是长长的一列，吃水很深的样子，它们拖着像蜈蚣一样的身子，在河面上缓缓地移动。因为长山河上不跑客船，在清河镇人的印象里，长山河要单调一些，生疏一些，运河烟火气重，亲切一些。

有了运河，又有了长山河，清河镇就"有进有出"了。看上去，就像是运河上的拖船"突突突突"地来，长山河上的拖船"突突突突"地去。"有来有去"就好多了。清河镇上的人都是喜欢"有来有去"的。他们把"有来有去"挂在嘴边。新年里"做客人"，拿了一包包红纸包的香糕、一包包红纸包的红糖去，主人家是一定不肯收的，客人家是一定要让主人家收下的，他们在那里拉来扯去，嗓门哪哪响，恨不得全镇的人都能听到。"要有来有去的呀！""要有来有去的呀！"小孩子拿了别的小朋友的东西，大人就从家里拿另一个东西给自己家的孩子：拿去，快点拿给他们家去，不好光拿别人的东西，要"有来有去的"。

"有来有去"就通了，否则就不通，不通就会让人不舒服。

运河和长山河"有来有去"只是"看上去"罢了。其实，运河上的拖船只顾自己来、自己去。长山河上的拖船只顾自己来、自己去。

"长山河是一条了不起的河，那是我们大家用肩膀挑出来的。"说起长山河，镇上的大人们都会这么说。所以，我们原来以为，运河是本来就在那里的，长山河是劳动人民用双手双脚外带肩膀开出来的。后来才知道，运河本来也是没有的，也是劳动人民用双手双脚外带肩膀开出来的，只是时间在很久以前。

这么说起来，清河也是劳动人民开出来的。

清河镇的地形，像今天的头戴式耳麦。头环就是清河。清河像个耳麦头环一样，穿镇而过。

多年以前，清河是半环抱着镇的，以圣贤桥为中心点。环里面，最中间是"商业中心"，有米店、布店、肉店、饭店、茶馆店、油店、糕饼果子店、酱油烟酒店、中药店、剃头店、铁桶扫帚杂货店、生资商店……各式各样的店。听说以前很长一段时间内，布店、油坊、茶馆店、南货店都是吴家的，吴家拥有六七个门面，几乎小半条街。后来吴家怎么样了，谁也说不完整。西片是像脑回路一样的住宅区，有二十多条长长短短的弄堂。浅一点的弄堂多数是独门独户的大户人家，马头墙、朱漆门、铜门环、石狮子……深宅大院。临水而建的人家有独立的石埠。石埠最宽的、石板最有棱有角的，一定是曾经最富的；深一点的弄堂有几户甚至十几户人家，不是深宅大院，也是独门独户；最西边靠近码头那一片叫西栅头，连成排的人家一户挨着一户，两家共用一堵墙。邻里关系好的，或者本来就沾亲带故的，会在厢屋的墙上挖个四方形的口子，就像今天有些饭店的传菜口一样，便于两户人家之间传递东西。如果两户人家因为小孩或者女人之间吵架了，或者其他什么说不清楚的原因不愿意来往了，就会将这个四方形的口子封堵起来。这里的居民大多是外来户，他们沿着运河来到清河，因为种种原因不再回到来的地方，就在这里搭棚子住了下来。慢慢的，有些棚子就翻建成砖砌的房子，也用了白墙黑瓦。新中国成立后，原来用毛竹片或者稻草搭建的棚屋全部拆除了，改建成了白墙黑瓦的房子；环的东片是手工业区，有竹器社啦、铁器社啦、酱油厂啦、酿酒厂啦、染坊啦……再往东有煤球厂、畜牧站就几乎连着农村了。

清河人称呼西栅头一带的人"开头人"，称呼东片的人"乡下人"。

本来，环外面都是乡下，有大片的农田和桑林。后来，建起了学校、校办厂、粮管所、茧站、育苗站，环外面很大一片就变成了清河镇的地盘。

清河镇还单单在环里的时候，清河人觉得自己要老派一些，讲起话来慢条斯理的，做事情讲究"四司六局"，跟人告别总是说"八坦八坦"，哪怕自己心里忧急得要死，嘴巴上也说"坦的坦的"；叫人做事情，哪怕是急事也要加一句"坦坦来"；走在青石板路上，"坦坦"的，显得有派头。他们觉得哪怕有十万火急的事情，也应该摇着鹅毛扇迈着四方步面不改色，他们不太看得起"火赤火辣"的人，总觉得这样的人毛手毛脚、慌里慌张，成不了大器。清河镇变成环里环外后，"四司六局"的人少起来了，"熬骚、熬骚"——先是大人们这么催促自家孩子，后来，相互之间也有这么催的了。

以前翻过桥，去的是镇子外面，稻田、麦田、桑林、池塘、河港、田埂，踏青、采果、捉知了、捉麻雀、钓鱼、烧野火饭……都是野趣，也没有什么东西逼着你。后来，翻过桥，总是去上学、上班。上这个啊上那个啊，总是有时间限制的。既然有限制，总是要"赶"的，赶不及或者赶不上，都会有不好的后果。

"头顶心"的事情多起来了。

二、圣贤桥

清河的"头顶心"是圣贤桥。圣贤桥是清河镇的中心点，是清河镇的地标性建筑。

圣贤桥有一段时间叫解放桥。叫解放桥之前是圣贤桥。叫解放桥之后还是叫圣贤桥。

也有人叫它"环桥"。"环桥头谁谁谁说的"，意思是说，听坐在圣贤桥上的某某人说的。总有人坐在圣贤桥上说东道西的，这些老里老气的人喜欢扎堆在桥头，对某事某人或者某些事某些人做推理分析，有的推测前因，有的分析后果，就像他们个个是神机妙算诸葛亮或者英国神探福尔摩斯似的。谁都知道桥头那些话是不太靠得住的，但是大家都还是乐意去传的，传的时候都要加一句"环桥头谁谁谁说的"，那意思是他只是传播，对传这些的准确性是不负责任的。清河镇人把这些喜欢扎堆在桥头说东道西的人叫作"桥头老三"。"桥头老三"也有鄙视链，他们对那些讲国际国内大事的"桥头老三"要尊敬一些，对议论东家长西家短的"桥头老三"要轻蔑一些，当然，鄙视链最顶端的是那些有"内幕消息"的"桥头老三"。当然，不仅是"桥头老三"们对有"内幕消息"的人高看，整个清河镇的人都崇拜有"内幕消息"的人。

叫它环桥，是因为圣贤桥是石头建造的拱形桥，清河人把拱形称为环形。关于圣贤桥的来历，有很多说法，最神的说法甚至跟秦始皇有关，当然不是直接的关系。说的是秦始皇当年想去东海看日出，要在东海上造一座很长的桥，于是广发"英雄帖"招募桥梁建设专家。有个神仙，不请自来，挥动鞭子，将山上的石头"噼里啪啦"抽到东海，抽了好几座山，石头奔东海而去，"咔啦、咔啦、咔啦、咔啦"自动垒成了一座石桥。后来有人说，这个挥鞭子的神仙是尉迟敬德。圣贤桥就是尉迟敬德建的。想想都不可能啊，尉迟敬德是北方人，他的鞭子这么长，都伸到清河来了？大概圣贤桥是石桥的缘故吧，"鞭石成桥"吗？原来就是神道设教，但是想想也是美的。

最为大家所接受的说法是，圣贤桥的建造者是宋朝的皇亲国戚。他们中的一支南迁的时候经过清河，发现这个地方阡陌纵横、肥田沃土，离首都临安又近，去看个亲戚什么的也方便，要是找些摇快船的，朝发夕至也不是没可能，就定居下来了。豪门大族不缺银两，便在清河大搞土建，盖深宅大院、祠堂、土地庙，庙旁边建了座桥，原来叫闻水桥，可是桥上每年都有人跳河寻死——造桥原来是积德的事，这些寻死的人偏偏要从桥上跳下去，给桥抹了黑，后来清河人说"闻水桥"用清河话叫起来就是"吻死桥"，不吉利，既然是皇亲国戚建的，叫"圣贤桥"是恰如其分的——好像皇亲国戚就一定是圣贤似的！于是这座清河上最大的单孔石桥有了永久的名字，虽然有过短暂的变化，但最终还是用了众望所归的"圣贤桥"这个名称。

老人们说，以前圣贤桥方圆两三里这一片叫圣贤里，那座庙后来也改叫圣贤祠，再后来圣贤里不叫了，庙也拆除了。

圣贤桥虽然年头久远，但是它的桥身、桥面、桥基、台阶、挡板历经几百年风雨，历久弥新，完全没有一点颓败陈旧的感觉。原来，拼接挡板的四个柱子上，还有两对雕刻精美的石狮子，后来被敲掉了。

圣贤桥上的石狮子被敲掉，是清河镇历史上一件最有悬疑色彩的事件。据说，敲石狮子的那天，天亮的时候，是个大晴天，万里无云。当一群人操着家伙走上圣贤桥的时候，天空瞬间被乌云笼罩。那些人每敲掉一个石狮子，桥下水面上就喷发出一个一丈有余的水柱，水柱像一条龙一样"呼"地从水中腾空而起，一直射到半空中才像绽放后的礼花一般散开，落下一片雨珠有黄豆那么大的阵雨，一共喷出了四个一丈有余的水柱。到了夜里，桥下发出阵阵凄厉的哭喊声，这些哭喊声不是一个人的，是男女老幼都有而且夹杂在一起的声音。像遭了轰炸的人群里发出来的惊叫声。

"冤魂放出来了！"

那段时间，清河镇人心惶惶，谁也不敢从圣贤桥上走过，担心踩到了冤魂。有人偷偷去问了早就"下岗"的民间道士。道士说要烧猪头，盖上红纸头，夜里放在桥堍，点上蜡烛、烧纸钱，连续拜一个礼拜。圣贤桥周边的人家凑了钱，从乡下买了七个猪头，在桥堍做了七天的祭拜，总算消停下来。

"这种事情叫'叫魂'，乾隆年间，'叫魂'的事情在江南一带特别多。最早是隔壁临平发现有座石桥下有'叫魂'。"

"叫魂吗，历史上说起来就是有冤情啊……"

"石狮子敲掉，总归有麻烦。"大家在私下里唉声叹气。

"原来，走上圣贤桥，摸摸狮子头，晦气也能消掉；摸摸狮子脚，运道会好起来。现在，只好摸摸自己的头，看看自己的脚了。"

圣贤桥上发生那么多事，好像就因为它是圣贤桥似的。别的桥有没有那么多事呢？

其实圣贤桥每天静卧在那里，忠实地履行着它"渡河"的功能。但是清河镇的人不完全把它当成纯粹的桥，成天把圣贤桥上长圣贤桥上短挂在嘴边。不讲一点圣贤桥的事情，对不起自己是清河人这个称号。

你要是选一个好一点的角度看圣贤桥，会发现它真的很贵气。半圆的桥拱拱得浑圆、恰到好处，石块和石块之间的拼接严丝合缝，石台阶凿得规规矩矩，挡板立得堂堂正正，就连桥堍的台阶，也是整整齐齐，没有一点马虎。

　　陆陆续续的，清河上有了五座桥。并排四个石块拼成的平桥万安桥，叫"万安桥"完全名不符实，因为没有挡板，石块和石块之间留着一指宽、两指宽的缝隙，走在上面总是提心吊胆，一个不当心就会掉下河去。油坊旁边的油车桥、染坊旁边的染店桥都是石板桥平桥，后来又用四块五孔板铺了前进桥，都像是造的时候来不及一样草草而就，总归显得马马虎虎。

　　"还好、还好，有圣贤桥。"清河镇的人说。好像有了圣贤桥的清河镇就不是一般的镇了。没有圣贤桥的话，清河不知道是个什么样子！

　　清河人总喜欢说"还好还好"，难道是因为有圣贤桥，所以他们觉得一切结果都是"还好还好"？

三、清河镇丝厂

　　清河镇的外围，在清河镇上的人看来，都是农村。这农村的色彩，最鲜明的是绿和黄，一年四季稻田、麦田、桑树林、竹林，还有这些勤劳的乡下人种在田脚边、地垄里、坡地上、房前屋后的各种蔬菜，都是绿的；黄的色彩要丰富一些，柳树刚发芽时的鹅黄，秋天刚来时，树叶变浅黄，秋越深黄越浓，直到变成焦黄。当然最具代表性的是油菜田的黄，一到油菜花开的季节，清河镇的周边，就像整个被黄色的油彩泼了似的，黄得发疯。清河人看到这疯了似的油菜花田，就说："哎呀，毒头阿三又要犯花毒病了。"

长山河没有开出来前，清河镇的东片是一片广阔的桑树林。镇上人看桑树地，都是好的，绿油油一片，看着都舒服，还可以采桑果子，不仅好吃，熬成膏还可以治疗脱发。农村人看桑树地，是又爱又恨，爱的是桑叶养活蚕宝宝，蚕宝宝结茧子，茧子烧熟剥出来拉成丝绵，做成丝绵被、丝绵棉袄，冬天里带来温暖，茧子卖掉带来收成；恨的是采桑叶太苦了，六月里，闷在桑树地，汗如雨下，还有毛毛虫，刺得你浑身发痒。

其实清河这个头环外面，在没有学校、校办厂、粮管所以前，都是桑树林或者稻田。现在，学校、校办厂、粮管所外面，还是稻田和桑树林。桑树林周边的农户，家家户户都养蚕。

清河镇镇上的人，称周边农村的农民"乡下人"，周边的农民称清河镇镇上的人"街上人"。其实就差几里地。很多"街上人"的亲戚都是"乡下人"，或者他们的上上几代，甚至上一代都是"乡下人"，也不知道大家为什么要这样称呼。清河镇的街上人，原来似乎并不包括西栅头的"开头人"，一开始，他们是完全不把这些"开头人"放在眼里的，只是一味"开头、开头人"地称呼他们。大部分"开头人"是不把这称谓放在心上的，有些开头来的人家，小孩子自尊心强，会和称呼他们"开头人"的"街上人"打架，打得头破血流的，还是被叫作"开头人"。直到有些"开头人"变成正宗的清河镇正式居民，清河镇的"街上人"才意识到，有些"开头人"已经不能再喊他们"开头人"了，再喊的话会有"好果子"吃！倒是大部分"开头人"想得开，什么"街上人""乡下人"，争来争去有什么意思呢，落点实惠不好吗？

清河镇的"街上人"和"乡下人"，不光光是嘴上相互这么叫叫，他们叫出声来的时候，心里面的味道也是复杂的，相互看不起的样子，总之都是有情绪的。

"街上人，死脚蟹。""乡下人"看到雪白粉嫩的镇上人，就这么说上一句。

"乡下人，腻心。"身上散发着汗臭的"乡下人"从自己身边走过，镇上有些人就这么说上一句。

　　周边的农民有情绪，倒是情有可原的。他们起早贪黑忙农活，什么都拿到镇上来卖，看"街上人"脸色赚几个买油盐酱醋的钱，买回去的油盐酱醋还要省死省活用，新娶进门的媳妇不懂规矩，炒菜的时候，油多滴了几滴，会被婆婆说上一年半载的，有些嘴巴管不牢的婆婆还要去跟外人讲，有点脾气的媳妇受不了，就回了娘家。为了多用几滴油散了人家的大有人在。这些就算了。最让人气不顺的是，他们没日没夜采桑叶、养蚕、采茧子，茧子卖到街上茧站，让"街上人"卖出去赚钱！外头人都说清河镇的茧子好，顶顶好，连名字都是清河的！

　　清河的蚕茧几百年前就声名远扬。清末民初的时候，湖州富商贩出去的湖丝，用的就是清河的蚕茧，都卖到法国去了，这些靠清河蚕茧发起来的湖州富商，外面赚了大钱，回来造气派的房子，用的木头、砖头、石头、玻璃都是各个地方的名特优产，玻璃还是外国运来的。上海滩富豪盖的丝绵被，用的是清河的双宫茧子；杭州都锦生的丝绸，用的也是清河的蚕茧。

　　清河的"乡下人"觉得吃亏，辛苦养出来的蚕茧，让"街上人"收了去卖！挑着一担一担的茧子到茧站，"乡下人"的心里不知道有多难受呢！这挑着的哪是简单的茧子，这分明是自己一件一件湿透的衣衫、一个一个瞌睡懵懂的夜晚、一次一次被刺毛虫弄得又红又肿又痒甚至溃烂了的皮肤……现在倒好，你们就坐在那里，伸手捞起筐子里的茧子，甚至看都没有好好看一眼，嘴巴随口一荡：一等品、二等品、三等品、次品……真想操起手上的扁担朝他们头上劈去！可是能劈吗？非但不能劈，还要装起笑脸给他们递香烟，"劳动牌""雄狮牌"还拿不出手，要"利群牌"，顶好"恒大牌"，免得他们不高兴把担子里的茧子说成二等品、三等品、次品！

清河不光蚕茧好，做出来的丝绵也好。卖掉茧子，留下些双宫茧子自己做丝绵。做丝绵也是苦活。先要烧茧子，烧茧子火候很重要，烧得不到门，不仅不好剥，做出来的丝绵不够软，蓬松不开；烧过了头，弹性破坏了，变次品了。茧子恰到好处烧好，倒到盛着冷水的脚盆里，脚盆放在骨牌凳上，盆沿上装个竹做的弓，平躺在水面。妇女们搬个竹椅子，坐在脚盆前，剥茧子，把茧子里面的蚕蛹剥出来，剥开的茧子套到手指上，拉松后绷到竹弓上，绷完五个茧子后，形成一个棉兜，把棉兜从竹弓上取下来，脱水晒干，晒干后的棉兜扯成丝绵。四个人，拉住开了口的棉兜，均匀地用力拉，拉到两米乘以两米左右的四方形，三十五个棉兜才能拉一斤左右的丝绵被。最辛苦的是剥茧子，女人们一整天坐在脚盆前，腰酸自不要去说它了，手一刻不离浸泡在水里，一季茧子剥下来，两个手都烂了。这样的苦吃下来，自己还盖不成丝绵被，要做成被胎卖到镇上，镇上的人收了去，家境好的自己享受，脑子活络的卖到大街上去。清河镇上，清河镇外面的大街上，后来杭州、上海和其他大城市，都晓得清河镇的丝绵被好，名气大得不得了。清河丝绵被的名气后面，是清河"乡下女人"烂在手上的伤疤、吞在肚子里的眼泪啊！

清河的"街上人"想想也觉得吃亏：我们清河这么好的茧子，清河人起早贪黑，吃尽苦头养出来的，就卖点蚕茧，最多卖点丝绵，太吃亏了！蚕茧多少钱一斤？丝绵多少一斤？白厂丝多少钱一斤？丝绸多少钱一尺？丝绸衣裳多少一件？……呆头算算也算得明白。

大家都觉得吃了亏。"光光卖茧子太吃亏了"的舆论导向就建立起来了，民间关于"清河不能再吃亏了"的呼声越来越强烈。也不知道是谁提议的，最终大家咬咬牙齿，上下一心，建了个丝厂。

丝厂建在长山河码头旁边，是清河镇的郊区。一开始，镇上的人都觉得丝厂远，远离镇中心。没过多久，就觉得它其实没有那么远。

丝厂落成，"清河镇丝厂"的牌子就挂在厂门口的大门柱子上——丝厂的大门柱子是清河镇最最气派的，用水泥浇筑，足有两个大人这么高，丝厂这块牌子也有两米这么长，"清河镇丝厂"五个红色的楷体大字鲜艳气派。对于这个名字，无论是镇上还是农村、"街上人"还是"乡下人"，都没有异议——就应该是这个名字，不叫这个名字才不正常呢！

　　丝厂的事都是大事。首先，清河镇丝厂是清河镇最大的厂，原来那些酱油厂、竹器社、铁器社、酿酒厂、煤球厂，哪怕是校办厂，跟它比起来，那是小手指比大腿，是小巫见大巫；其次，厂子上马没出一年半，清河镇丝厂的白厂丝就在省城、上海打响了牌子，产品供不应求；当然，对清河镇上的人来说，最大的事情是能不能进丝厂。能进，是一件大事，不能进，也是一件大事。

　　丝厂顶顶了不起的是招工对"街上人"和"乡下人"都开放。据说，丝厂领导其实更喜欢乡下的姑娘，她们不仅心灵手巧，还更能吃苦耐劳，关键是服从分配还能吃得了亏。

　　清河镇丝厂建起来后，"街上人"和"乡下人"还是相互这么称呼，但是嘴上叫出来的时候，好像怨气少起来了，情绪也淡了。

　　丝厂对清河镇所有的人，影响最大的是它每日一早一晚两次响彻整个清河上空的汽笛声——早上凌晨五点，下午傍晚五点。声音先是低沉的，然后由低转强直到啸叫，再渐渐收声，足足持续一分半钟。丝厂上空的汽笛声第一次响起来的时候，清河镇的人仿佛听到了战马的嘶鸣声。

四、校办厂的围墙

　　走下圣贤桥的九级台阶，向东，是一段窄窄的水泥路。水泥路的左侧是清河。如果有心回头，可以看到一排临水的房子毕肖地竖立在清河上，黑色的瓦，深棕色的墙板和窗框，凡是木板的，在风吹日晒里都变得黑不黑、灰不灰、褐不褐的，说不清楚的颜色。窗板用一根棍子支起，屋檐下挂着各种各样的东西：衣服、篮子、阳伞、说不上形状的木板、不知道派什么用场的竹条什么的，就像每家每户屋里的空间都不够大，只能向这个地方延伸了。有些人家有自家的石块，靠着墙基斜出来伸向河里。他们在石块上洗家里所需要洗的一切：淘米洗菜、洗衣服、洗痰盂、洗马桶、洗拖把甚至洗脸洗澡。墙基上长满了苔藓，靠近水面的苔藓颜色深一些，离水面越远越浅。满是苔藓的墙基石缝里，不时有不知名的植物露出枝叶，在风里摇来摆去的，就像那些人家家里的女主人的心思，不能够畅快地吐出来，只能在心头不停地萦绕。

水泥路的右侧有一面墙，一个半大人高，顶上插满了尖尖的玻璃碴子。墙面刷得雪白。清河镇几乎所有建筑物的墙面，总是有些斑驳的，只有这面墙，总是雪白的。人们好像跟这面墙较上劲似的，总是先刷得雪白，然后在上面写标语口号，写啊写的，字总是笔挺的。

这是校办厂的围墙，墙里是清河镇校办工厂，生产"尖峰"牌刀片。

校办厂的围墙雪白，校办厂围墙上的字笔挺，校办厂围墙头上的玻璃森森。

所有校办厂围墙上出现过的标语口号，给我们留下印象最深的是五个大字加一个感叹号。它们太大了、太红了、太标准了，每次经过，都觉得自己的渺小，强烈的震撼感让我们自感卑微。

毛主席万岁！

一个字和一个字的间距，标准得不差分毫，感叹号那一竖的头上，浑圆厚重，但是不笨重，它毫不犹豫地垂下来，一点点收窄，紧致饱满。稍作停留，被一个滚圆的点稳稳地托住，完全是不由分说的。

后来，围墙上又写上了新的标语，字数越来越多。

清河镇很多地方的墙上都写着标语口号，没有一个地方写的标语口号比得上校办厂围墙上的标语口号。标语是一模一样的，但是校办厂的围墙是雪白的、字是鲜红的、字间距永远都是精准的、字立在那里总是笔挺的，所以，校办厂围墙上的标语才是真正的标语！

　　沿着水泥路走三四百米，是农业银行的营业部，营业部装着当时还不多见的铁门，走进门去，有个高高的柜台，柜台里面摆着一长排的桌子，每个桌上都有一个算盘。我经常到这里来，妈妈不时会有信或者东西托同事带到这里。从农业银行营业部朝右前方再走约二十米，有左右两个砖砌的柱子，间隔四五米宽，没有装门。面朝它们的右边柱子上，挂着一块竖式的木牌，上了奶白色的漆，有些斑驳了，上面用红漆写着"清河镇完全小学"，字也有点褪色了，特别是"全"字上面的一撇一捺，红漆几乎都掉完了，远远看，成了"清河镇完王小学"。

　　这样的清河总是留在我的心里，一定和我少年时的同学杨明有关，还有黄依依、傅敏、宇萍、菊芬等人，还有我们兄长辈的那些人。

第一部

完小往事

你知道我为什么上学的时候，总喜欢走远的那条路了吧？
哪怕每个人都说我是傻瓜呢！

一、杨明想起了"红毛"

杨明蹲在池塘边，左手划拉着水面，右手拉扯着一株水草。

"杨明啊，哎呀，这个杨明啊，野死了，心思野死了。"倪老师站在教室门口，冲着操场的方向，一边张望，一边不停地说着。

操场不远处有一个池塘，池塘里长满了水草。水草污糟糟盖去了半个池塘的水面。杨明每次来到池塘边，都会想起死去的"红毛"。

"红毛"是杨明的邻居，他们家有八个兄弟姐妹，"红毛"排行第七。因为头发黄，大家叫他"红毛"，其实叫"黄毛"更贴切一些，但是"黄毛"已经被他六姐叫去了。

夏天的时候，朝南埭的孩子们便到门前的河里去游泳。大些的孩子像浪里白条一样在水里钻来钻去。五六岁的小孩像杨明、"红毛"和"老燕子"们，捧着门板，"扑腾扑腾"用双脚不停地拍打水面，镇上的孩子们都是这么学会游泳的。大孩子们不时从水下潜过来拉扯一下门板，或者把门板的一头按下去。脱离了门板的杨明们喝了不少河水。河水有很重的泥腥味。"扑腾扑腾"抓回门板，就像抓住了救命的稻草。几次扑腾挣扎后，竟然也会"狗刨"了。

镇上的孩子们最崇拜的是"红毛"的二哥，他是朝南埭的跳水明星。只要他往岸上一站，岸上河里的孩子们都会驻足凝神屏息，等着观看他的跳水。只见他高高地站着，胸脯挺起，浑身白得发光，双手举过头顶，紧贴双耳并拢，高高跃起，双脚绷得笔直，整个人呈一条斜线，一个猛子扎向河里，河面"咚"出一朵小小的浪花。岸上水里的孩子们紧紧盯着浪花，可那里光滑如镜，就像什么都没发生过一样，再看到"红毛"二哥的时候，他已经在几十米开外的地方了。

事情发生得太突然了。

"红毛"二哥把"红毛"拖上岸的时候，脚上一直在流血。

一队人跟在"红毛"二哥后面，奔跑着，送"红毛"去几百米开外的卫生院。

杨明一直清楚地记得"红毛"二哥脚上流淌的血水和倒挂在他肩上的瘦弱的身体。"红毛"两条竹竿一般的胳膊垂在他哥哥的背后，随着二哥奔跑的频率晃荡，水不断从他的头顶流淌下来。

"下面都是水草。""红毛"二哥不停地说着这句话，"都是水草，狗日的水草，拉都拉不动。"

杨明抓过脸盆，用盆沿划拉了一下水面，河面上漾开了一层浅浅的涟漪。

"下面都是水草。都是水草，狗日的水草，拉都拉不动。""红毛"二哥不停地说着，水从他的头顶、脸上往下淌，脚上流出的血把卫生院的地面都染红了。

杨明拉过一枝水草，水草沉沉地带动着一大片，稍一用力，水草的空心枝便"啪嗒"一声断了。

"红毛"死了。

"红毛"的妈妈在河边哭了好几天。

"红毛"妈妈是镇上煤球厂的工人，经常声音很响地骂自己家的孩子。六月里，镇上的人看到她领着一群孩子去河里洗澡，就像赶着一群鸭子一样。对"红毛"，她不仅骂，还经常打。大人们说"红毛"命不好，排行老七，是最不受待见的一个排行位置，干脆排最末，倒是"老来子"，大人们都疼爱。"红毛"头发那么稀、那么黄，都是"命薄"的样子。

"红毛"死后，镇上的大人说："还好、还好，'红毛'家里小孩子多，要是独苗的话，大人肯定就活不成了。"

"还好，还好！"杨明怎么也弄不明白，"红毛"死了，大人们还说"还好、还好"。

盛了半脸盆水，杨明起身朝教室走去，一路上不停地看着自己的脚下。

"杨明啊，杨明啊，你野死了，心思野死了，舀点水去了那么长时间啊……"倪老师站在教室门口，冲着朝教室走来的杨明大声说道。

倪老师短发，左右两鬓用黑色的铁丝发卡把头发夹到耳朵后面。和头顶的黑发比起来，两侧的白发有些刺眼。倪老师的脸又瘦又长，左眼有点三角眼，乍一看很凶的样子。她有一个洪亮的嗓门，有时候声音很好听，语气重的时候有点刺耳。

杨明没有说话，顾自端了盛着水的脸盆，从倪老师身边走进教室。

倪老师侧过身来，让杨明走过去，冲着他的后背影不停地说："野死了，心思野死了。"

杨明把脸盆放在讲台旁边的地上。

今天不是杨明值日。但是倪老师喜欢叫杨明做事情。扫地、搬书、擦黑板、抹桌子、搬课桌、打水……一有杂事，倪老师就会说："杨明，你去……"好像杨明到这个班级就是来打杂的。杨明从来不计较，也不申辩，倪老师叫他做，他就做。

张斌就不一样。

倪老师有时候也会叫张斌做事。一开始，同学们都觉得倪老师叫张斌做事，是因为倪老师看得起张斌。但是张斌几乎每次都有说法。"又不是我值日，为什么叫我做？""我又不是班长，为什么不叫班长做？"或者说："我又不是劳动委员，这种事情应该是劳动委员做的。我做了，又当不上劳动委员。"张斌说这些话的时候，头会歪向一边。倪老师就会提高声调说："倪老师叫你做，你就做。"

"我为什么一定要做？"张斌见倪老师发火了，就放低声音嘀嘀咕咕。他嘀咕的时候，白皙的脸涨得通红，平时隐藏在鼻子两边的雀斑像雨后春笋般冒出头来。

这样的情况多了，倪老师叫张斌做事的次数就少了。

放下脸盆，杨明背起书包走出教室。钱二毛在"清河镇完全小学"的牌子旁边等他。杨明蹲下身子，背起钱二毛，飞快地朝着水泥路跑去。

二、钱二毛

钱二毛是家里老二。小时候摔了一跤，大人们没有在意，慢慢地背就驼了。镇上的人就叫他"驼子阿二"。清河镇的人总是喜欢拿人的身体缺陷给他们起绰号，除了"驼子阿二"，还有"癫痫头阿三""翘脚叙年""瘫子阿五""歪头阿四""斜眼阿国""磕子阿信""扁头二毛"……清河镇的人叫出这些名字的时候，心里面其实没有看不起他们的意思，只是觉得这样的称呼辨识度高。被叫的人，似乎也没有什么不高兴的，叫了就叫了。

"癫痫头阿三，今早出门到哪里去啊？"

"我去买点东西。"

"哦哟，哪里发了一笔财啊？"

"到哪里去发财啊？你有发财的路子啊？"

"我哪里有发财的路子啊？发财的路子要问四毛。"

......

　　清河镇也有几个驼背的人，但是基本都是只弓了背。钱二毛的背驼得很厉害。脊背处有个尖尖的高高的隆起，使得他的头颈只能往前伸，这么看起来，就像他的整个头是塌陷在肩膀里的。肩膀也只能耸着。更奇怪的是，虽然他的脊背隆起，胸部却不内凹，也有个不小的突起。这个身体形状让钱二毛走起路来颇为困难，他只能双腿分开，双脚呈外八字迈步，不停地双臂后甩。从后面看起来，他就像一只头被揿进身体里的鹅。

　　"还好、还好，钱家屋里有三个儿子，要是独养儿子，大人们可怎么好呢?!"镇上的人说。

　　钱二毛背驼了，有人还说"还好、还好"? 杨明真弄不明白清河人嘴边挂着的这个"还好、还好"是什么意思。

　　钱二毛的父亲是自己做豆腐自己卖豆腐的。原本他不想让二毛去上学了，帮他看看豆腐摊算了。没想到钱二毛在豆腐摊前收钞票，算账比他做了几十年生意的父亲还快。

　　钱二毛算数快的消息在镇上传开了。清河镇完全小学的校长到钱二毛家里，跟他父亲说:"钱二毛应该上学。"

　　钱二毛的父亲说:"负担不起啊。"

　　校长说:"钱二毛来读书，不收钱。"

　　钱二毛的父亲说:"唉——他读书有什么用呢?"

　　校长说:"他要读书的，不读书才没用了，读了书兴许有用。"

　　钱二毛的父亲觉得校长说得有道理，再说又不用花钱。

　　钱二毛成了清河镇完全小学的一名小学生。他比别的孩子上学迟了两年。虽然他比班级里的同学年纪都要大，但是排队伍的时候，他永远都排在第一个。二毛的学习成绩一直很好，一年级上完直接跳到了三年级。

　　上一年级的时候，每天都是同班的弟弟帮着他拿书本文具。钱三毛把钱二毛的书包扔在一边，只背一个书包，里面装两套书本文具，到了教室，把钱二毛的那套书本文具作业本放在他的书桌上。和哥哥钱二毛在学习上的优异禀赋完全不同，钱三毛在学习上几乎是完全摸不着头脑。一个学年后，钱二毛上了三年级，钱三毛还在上一年级。

钱二毛上了三年级后，倪老师让杨明和他同桌。因为钱二毛学习成绩好，尤其是数学，几乎每次测试都是年级第一。杨明的学习，虽然不像钱三毛那么糟糕，但是总在班级倒数几名徘徊。倪老师总是说："杨明啊，你就是心思野，心思要是放在读书上，凭着你的聪明劲，怎么也能排在中游。你心思这么野，到底在想什么呢？"

"二毛啊，你要在学习上帮助杨明。"倪老师弯腰对钱二毛说。

"杨明啊，钱二毛行动不方便，你也要帮助他。"倪老师转头对杨明说。

杨明第二天一早就到钱二毛家门口去等他，他不让钱二毛像鹅一样走路，他喜欢跑步，背起钱二毛和钱二毛的书包就向学校跑去。

杨明和钱二毛两个人好得像亲兄弟一样。

钱二毛和钱三毛一起上学的时候，上学路上，钱三毛在前头走，钱二毛在后面拼命甩动两个胳膊赶，前头的三毛不时停下来，转过头冲着远远甩在后面的二毛喊："快点呀，阿二你快点呀！"边喊着，一个脚边不停地蹬着地面。他喊得越起劲，二毛的两个胳膊就甩得越起劲，路上的人看着兄弟两个就"哈哈"大笑起来。

对钱二毛来说，最不方便的是下雨天，平时甩动两个胳膊走路就够吃力的了，一下雨，一手撑着个雨伞，只有一个胳膊甩动，雨伞又增加了平衡的难度，弄不好就会摔跤。现在，下雨天，杨明从来不会让二毛自己走路，他背着二毛，二毛打着雨伞。

早上，杨明风雨无阻地等在钱二毛的家门口。上学路上，有时杨明背着二毛，有时两个人手牵手慢慢地走。放了学，钱二毛辅导杨明做完一天的家庭作业，杨明帮钱二毛做值日。倪老师叫杨明留下来做事情的时候，钱二毛会在操场上或者校门口等杨明。杨明很多时候会背着钱二毛沿着操场跑步，钱二毛在杨明的背上，好像自己在跑步一样开心。

三、晨跑

清河镇丝厂的汽笛声响起来了，先是低沉的，像是刚从沉痛的睡梦中醒来，迅速地，它就积聚了能量，由低转强，雄健起来。

天还黑着，东方只露出一丝微弱的青光。这沉郁的、像要穿透整个清河天幕的汽笛声，分明要冲破黎明前最后一点黑暗。而黎明前的黑暗也不想草草收场，它要等那青光一层一层铺陈开来，然后它才一步一步退却而去。仿佛，它要将这镇子一整夜所有的秘密和梦呓都交代给那青光，让青光一点一点还给镇子的白天去消化。这是它们在清河上空上演的长久不变的华丽的交接仪式。

清河镇的人们已经习惯了丝厂每天凌晨的汽笛声。他们从来不埋怨汽笛声惊扰了自己的梦和觉，就好像他们的觉和梦都是不值钱的。倒是这起先沉郁随即雄健的声音日日提示他们"该开始了"！哪怕头晕、胃痛、腰酸！每天有个声音提示你"该开始了"，这总是好的，总比没有什么人提醒要好得多。

清河镇一天的起点是从丝厂鸣响汽笛声开始的。陆陆续续地，人们开始了这一天的营生。

最早开门的是茶馆。店员们启开封了一个晚上的煤球炉，对准炉子下方像嘴巴一样的风口，用蒲扇扇风。火苗被唤醒了，加上一些刨花，再加上一些煤球，把装满水的铝壶放上炉子。有时候，前一天晚上封炉子的生活做得潦草，第二天早上炉子就灭了，要重新生炉子，先拿了废报纸或者刨花来引火，再依次放上薄木片、厚木块，等到厚木块有一半变成红碳了，再加上煤球。烧上水后，取出放在柜子里的茶叶袋子，将茶叶均匀地撒进每张桌子上的白瓷茶缸里。做完这些，天蒙蒙亮了。店家取下横在门背后的木门闩，"乒乒乓乓"卸下木门板，"咕吱咕吱"推开木窗子……

有些老人，已经披着薄雾的晨光，踩着石板路，向着茶馆的方向走来了。

屋里传来母亲的咳嗽声。听得出来，这咳嗽是被憋在上呼吸道里，竭力压制过后传出来的。随之便是父亲沉重的叹息声，这叹息也是经过腹部压制、呼吸道再压制后传出来的。

杨明悄无声息地将掼在床架上的衣裤套在身上，像猫一样从自己和杨军的床中间缝隙里钻出来，摸着黑出了门。

初春的凌晨，依然寒气袭人。杨明穿了一件紫红色的球衫，一件外套。球衫是杨军穿小后褪下的，袖口两边都磨破了，领口的拉链也拉不上了。外套是深蓝色的卡其布中山装，已经洗得发了白。这件卡其布中山装是父亲传给杨军、杨军再剩给他的。中山装架在杨明的身上，空空阔阔的。深蓝色的卡其布裤子，像是被谁故意剪去了一截，吊在他的下半身，露出突出的脚踝和一截小腿。脚上一双洗得发了白、破了边的解放鞋。

杨明尽量把自己缩紧起来，虽然没有科学依据表明把身子缩紧起来可以御寒，但是他相信这样可以少散发热量。他让自己沿着屋檐下的石板疾走，可以少吹到一些风，少吹到风就可以少散发热量。在屋檐下走，把自己缩起来，杨明觉得自己身上就没有那么冷了。

环卫所挑粪的女工，挑着粪桶远远走来。这位叫月娥的环卫女工，个子小小的，一副粪桶担子压在她肩头，这么远看过去，两个桶像要拖到地上似的，看着让人担心。

"月娥嬷嬷。"杨明冲着迎面而来的环卫女工喊了一声，这声音飘到风里，再回到杨明的耳朵，听上去有点颤颤巍巍。

"嗯。小明这么早。"月娥瞟了一眼杨明，顾自一愣一愣地挑着一担粪往前走。

走上圣贤桥，杨明看到桥下的河水，在天青色里泛着凛凛的光。有几株蜡梅，从圣贤桥旁边那户人家临水的墙头斜出枝来，兀自开放着。杨明打了个激灵，不由得加快了脚步，沿着校办厂围墙边的水泥路跑了起来。

"杨明，你的爆发力很强，六十米和一百米短跑的成绩超过了清河小学的所有学生。"体育老师柴老师说，"你加入田径队吧。"

"柴老师，我没有运动衣。"杨明耷拉着脑袋。

"不用运动衣。"柴老师说。

"柴老师，我也没有运动鞋。"杨明又把眼皮耷拉下来。

"赤脚大仙知道吗？"

"赤脚大仙？"

"是啊，去年世界田径锦标赛一千五百米冠军，非洲牙买加的赤脚大仙知道吗？你要是愿意啊，赤脚也能跑出冠军来！"

田径队的队员们还没有来。杨明一个人沿着砂砾铺成的跑道跑了起来。

脚步踩在砂砾上，发出"嚓、嚓、嚓"的声响。在寂静空旷的清河镇完全小学的操场上，这"嚓、嚓、嚓"的声响显得尤为清脆。杨明听着自己脚下的"嚓嚓"声，数着自己的步伐。

"如果要跑中长跑，步幅需要更大一些。步幅调整，就要调整呼吸和手的摆动频率……"杨明边跑边体会着柴老师的话。今年运动会，除了一百米，再跑一个四百米。杨明想。如果能一直这样跑下去，明年再跑一个八百米，后年……杨明一直想着。

跑到第十九圈的时候，杨明发现天亮了。校门口的柳树在微风里轻轻地摆动着全身的枝条，鹅黄的叶子，轻盈的枝条。田径队的队员们陆陆续续出现在校门口……

四、外婆的解密

这天下午放学后，我去中国农业银行清河镇营业部取母亲托她的同事带来的信封。

每个月十号，母亲都会把二十元钱和一页纸的信装在一个浅棕色的牛皮信封里，托人带到农业银行营业部。那是我在外婆家一个月的生活费加零花钱。信的内容几乎是千篇一律的：要听外婆的话，不要惹外婆生气，要好好读书，要考出好成绩，向爸爸汇报……取完钱出来，几个女同学还在门口等我。我们走在校办厂围墙外的水泥路上。

"你们看，墙又刷白了。"

"你们说这次会写什么标语？"

"傅敏知道。"宇萍说。

傅敏是我们班班长。她妈妈是清河镇上的干部。母女俩有着一样的骨架子，两宽两浓两圆：宽宽的肩膀、宽宽的胯部、浓浓的黑发、浓浓的眉毛、圆圆的眼睛、圆圆的脸。有一次我们学校召开深入揭批"'四人帮反革命集团'的滔天罪行"的全体师生大会，她妈妈在主席台上给我们全校师生列数了"四人帮"的滔天罪行，用的全是排比句，"四人帮"的反革命罪行罄竹难书，在场的每个人都义愤填膺。等到大家群情激愤的时候，她带头领着我们高呼："打倒'四人帮'！"傅敏妈妈在我心目中，有着电影里女英雄般的形象。

但是一次偶遇，让这样的形象变得模糊起来。

那次，我去银行取母亲托人带来的东西。在营业部的柜台前，碰到傅敏的妈妈。站在高高的柜台外面的傅敏妈妈，看上去不像在主席台领着我们高呼口号那般高大威严。她面色和善地俯下身子，轻声问我："你是不是傅敏的同学啊？"我既紧张又激动地点了点头。"这个小孩子真聪明，小小年纪，一个人住在外婆家……"我听到她在和银行的人表扬我，不知道为什么，我心里竟有些别扭，急匆匆地取了东西，顾不上打招呼就走出营业部的门。"揭批会"上的傅敏妈妈和刚才的傅敏妈妈两个形象交替出现在我的脑子里，耳鬓旁还残留着傅敏妈妈丰满的身上传来的洋洋暖意。这种感觉我从来没有和傅敏说过。

"我也不知道。"傅敏说。

"傅敏都不知道，那就没有人知道喽。"宇萍说着跑了起来。

最早到家的是菊芬。

菊芬家在杨家弄头上，每天放学的时候，她父亲总会捧着一个掉了漆的白色搪瓷茶杯，坐在杨家弄口上，既像是等女儿放学又像是看来来往往的行人。

"今天怎么放学这么晚？"菊芬的父亲戴着一副镜片都磨花了的黑边近视眼镜，穿着一件洗得褪了色的深蓝色卡其布中山装。

菊芬只管自己走路，没有理会她爸爸。

"今天我们排练。"傅敏说。

"排练？"

"嗯，排练节目，宣传人口普查的。"

"宣传？"菊芬父亲沉下脸色，"排练！宣传！你们又不是文工团！学生嘛就要读书，不读书搞什么节目排练，搞得风气不好。现在清河镇中学里，有些学生，像社会青年一样，流里流气的，迟早要出事情。你们女孩子啊，要离他们远一点。"

"不要理他。"菊芬拉了拉我们几个人的袖子，小声说道，"我爸爸有点独头独脑的，我妈妈说他一天到晚一副'桥头老三'的样子。"菊芬说话间，她的哥哥昂着头从我们身边走过，他穿着一条劳动布直筒裤，裤腿很长，几乎拖到地面。紧身的白色衬衫下摆塞在裤腰里面，一条棕色的人造革皮带系在腰间。这身打扮，让他整个人看上去修长苗条。

菊芬的哥哥，像谁也没看见似的，顾自走进家门。我们望着他的背影，清高地消失在门里面。

在清河镇中学，菊芬的哥哥和另外一位形影不离的男生是很多女中学生的话题人物，这倒不是因为他们学习成绩拔尖，或者有其他方面的特殊才艺，而是他们在衣着打扮上的与众不同和性格上的"孤傲"。他们两人几乎每天都肩并肩地进进出出，却轻易不和任何人说话，样子有点像《追捕》里的高仓健。

我们望着菊芬哥哥背影的时候，菊芬的父亲也乜着眼睛在看着他儿子，眼神中满是气恼和无奈。

我们几个偷笑着继续结伴往前走。

"菊芬怎么这么说她爸爸呢？"

说实话，菊芬父亲没来由的一席话的确让人丈二和尚摸不着头脑。但是菊芬对她父亲的态度，和她哥哥只顾自己走假装谁也没看见的样子也让我很迷惑。

"外婆、外婆。"老远，就看到外婆坐在门口的竹椅子上。旁边的小板凳上坐着个圆头圆脑的年轻人。

每天放学回家，总能够看到外婆坐在门口的竹椅子上缝各种各样的东西：全家人衣服上掉下来的扣子、脱了线的口子、破了洞的衣裤袜子……外婆最拿手的针线活是做蝴蝶扣，她盘的蝴蝶扣，形状优美、针脚绵密，十里八乡有人做了中式的衣服，都拿来让外婆缝蝴蝶扣。

"只有阿七婆婆的蝴蝶扣，才是真正的蝴蝶扣，小巧结实、精致玲珑。"清河镇上的人都这么说。

外婆针线活做得好，心算速度一般人也很难比。她去买东西，问店家多少钱，店家就说："阿七婆婆啊，你说多少钱就是多少钱。"常常是说的人笑了，外婆笑了，旁边的人也笑了。

虽然缠过一段时间的小脚，外婆走起路来却脚下生风。梳头的时候，外婆都要抹点生发油，发髻梳得铮光。她是清河镇少有的既"四司六局"，又"风风火火"的人。

"阿七娘姨，那么，我走了哦。"圆头圆脑的年轻人站起来，朝外婆弯了弯腰。

"好的，四毛，你自己要当心点哦。给你姆妈带个好啊。"外婆的老花镜快掉到鼻子下面了。

"乖妮，快点来帮外婆穿个线。"外婆从老花镜下面递来满含笑意的目光。

我接过外婆递过来的针线，麻溜地穿过，递给外婆。

"外婆，给，妈妈带来的钱。"我从书包里取出牛皮信封，递给外婆，"外婆，你给我五角钱好吗？"每个月的二十元里面，有我的五块钱零花钱。

"好的，乖妮，要买什么东西啊？"

"买橡皮和练习簿。"

"开学的时候，一个学期的东西都买好了呀。"外婆虽然没有正经上过学，但是记忆力惊人，什么都别想骗过她。

"嗯，是的。不过，我今天把橡皮给了杨明，还给了他一本练习簿。"

"杨明是谁啊？"外婆的目光，从掉到鼻子下面的老花镜的上边框看过来，"他自己没有橡皮？没有练习本？"

"外婆，杨明太可怜了。他没有橡皮，作业写错了，用手指头蘸了口水去擦，把练习簿擦破了。那个唐老师真凶啊，把他的本子撕了。"

"哎呀，这个唐老师，是什么老师啊？"

"数学老师，他很凶的，上课的时候有同学做小动作，他就把粉笔头扔过去。"

"你那个同学，刚才说的那个……"

"杨明。"

"对了，杨明这么罪过，他爸爸妈妈是做什么的？"

"他爸爸是粮管所的，还是个领导。他妈妈不知道做什么的，听别人说老是生病。"

"哦，这么说起来，应该是老顾的外孙子啊？杨明还有一个哥哥？"

"是的，外婆你认识他们家？"

"清河镇就这么点屁股大的地方，说出来，都知道。"外婆换了一只袜子，"老顾作孽啊，小杨笔挺笔刮一个小伙子，讨个老婆病秧子。"

"外婆，杨明爸爸为什么要讨个病秧子做老婆呢？"

"小杨啊，他们家成分不好，三个兄弟姐妹，他最小。哥哥姐姐都下放去了黑龙江，小杨去了皮毛站做学徒，杀小羊羔。老顾呢，是供销社的头头。"

"供销社头头？"

"嗯，头头，就是供销社的人，都归他管。"

"外婆，杨明太可怜了，他穿的球鞋鞋底脱开了，你知道他怎么穿的吗？他自己搓了个草绳，绑在上面。"

"绑个绳子，怎么走路啊？"

"走起路来，一拖一拖的。"

"罪过啊！"

"倪老师给他拿了两双白球鞋。倪老师说，她有三个儿子，球鞋很多，这两双都是他们穿不上了剩下来的。"

"真是罪过啊……老顾这个女儿，药罐头一个，自己都管不好，生落两个儿子，等于是自生自灭。"

"倪老师还拿了一套蓝色的球衣球裤给杨明，裤腿两边镶白条边的。倪老师说也是儿子穿不上了剩下来的。"

"倪老师真是个好人啊！"

"嗯。外婆，倪老师很关心杨明的……不过，她老是叫杨明做事情，有时候对他也很凶。有一次杨明上课睡着了，倪老师拎他耳朵。"

"倪老师这么做，也是为他好。"

"嗯，倪老师对杨明说'鞋子衣服你穿吧，倪老师反正有三个儿子，穿剩下的很多，你就穿他们穿剩下的吧'。倪老师这么说的时候，杨明哭了。"

"唉！……倪老师大善人，为人师表，好人有好报。"

"外婆，那……五角钱？"

"给你。"外婆把手伸进罩衫的斜襟里，摸出五角钱来。

五、来了新同学

这天早上，还没到出早操的时间，倪老师叫杨明搬了一套课桌椅，放在最后一排。

等人都到齐了，倪老师站在讲台前。

"大家都静一静，宣布一件事情：今天，我们班上来了一位新同学。"倪老师说着，朝门外招了招手，只见一个个子高高大大的女生走了进来。她穿着一件墨绿色的灯芯绒列宁装，红领巾戴在她的颈间，显得有点滑稽。一对又粗又黑的辫子挂在胸前，胸脯高高地凸着，显出她纤细的腰身。她局促不安地站在那里，双手一会儿互相捏着手指放在身前，一会儿松开了垂在大腿两侧，白皙的圆脸涨得通红。

"她叫陈美文，这个学期在我们班插班。"倪老师指了指后排新添的课桌椅，"陈美文，你个子高，坐最后一排。"

陈美文低着头，穿过课桌间的过道，穿过所有同学的目光，在最后一排的座位上坐了下来。很多同学还在回头看她。

"对新来的同学，大家要多帮助她。同学之间要团结友爱。好了，现在大家到操场集合，广播体操马上要开始了。"倪老师说。

大家蜂拥向教室外面跑去。只要能出教室，哪怕是做广播体操也是好的。

没走出多远，只听得"哐当"一声，大伙儿回过身来，看到陈美文的凳子倒在一边，桌上的铅笔盒、文具、书本散了一地。

"是张斌弄倒的。"钱二毛对转过身来的同学们说。钱二毛不用做广播体操。

班长傅敏回身走到教室门口，抓住张斌的胳膊问道："张斌，你为什么要这么做？倪老师刚才怎么说的？"

"我又不是故意的。"张斌歪着头说。

"他是故意的，他一边踢，嘴巴里还一边骂人。"钱二毛说。

"谁故意的？我骂人了？我骂什么了？死驼子，你干什么？多管闲事，寻死啊！"张斌气急败坏地冲着钱二毛叫喊起来。

"你骂二毛？你敢再骂一句！"只见杨明挤出人群站在张斌面前，死死地盯着他。

"骂你啊?！多管闲事多吃屁！"张斌冲着杨明伸长了脖子。

"捡起来，把东西捡起来，凳子放好。"傅敏一手拉着杨明，一边冲着张斌严厉地说道。

"捡起来！捡起来！"很多同学都回到教室围着张斌。张斌一看这架势，只得蹲下身子，不情不愿地将凳子扶起来，将散落一地的东西捡起来，胡乱地堆到课桌上。

"我自己来整理吧。"陈美文细声说。好像东西是她自己不小心弄到地上的。

"过来……过来。"菊芬拉着我们几个女同学往外走，"我跟你们说，张斌就是故意的，你们知道为什么吗？"

"为什么？你最爱卖关子了，快点说吧！"宇萍轻轻推了菊芬一把。

"过来一点。"菊芬把我们推到更远一点的地方,"不要让别人听见。"她把声音压得低低的,"张斌这么做,是在报复。"菊芬留着童花头,一刀齐的刘海遮住了她的眉毛,神秘的样子看着有点好笑。

"报复?"我们面面相觑。

"轻一点、轻一点。"菊芬的童花头再一次将神秘演绎到极致,"陈美文回清河,把张斌一家赶出去了。"终于把天大的秘密公之于众了,童花头上的刘海被菊芬轻轻吹起,露出的眉结也舒展开来了。

"赶走张斌一家?他们……"

"其实不应该叫赶走。我听我爸爸说,张斌他们家现在住的房子,本来就是陈美文家的,张斌他爸爸带人抄了陈美文他们家,拿走了不少珠宝黄货,还把他们家占了。"菊芬说,"张斌他爸爸很坏的,抄了清河镇好几户人家,专门拿他们的东西。"

"赶出来,活该!"

"这不是被赶出来,"傅敏说,"叫退还,听我妈妈说,镇上好几户人家都落实政策,退还房子了。"

"那……那些被抄走的珠宝黄货呢?"

"这……就不知道了。"

陈美文个子虽然高出我们一头,但是广播体操做得一塌糊涂。弯腰运动,腰也不弯下去;踢腿运动,腿也不踢起来;体转运动,象征性地扭一下身子,所有的动作,都是最小的幅度。体育课上,她更是"出尽了风头"。跑步的时候拖拖沓沓的,好像身子太过沉重,步子拖不动身子。打篮球,不仅没有身高优势,站在队伍里就是一个巨大的障碍,连球也接不住。运球的时候,球刚拍到地上,就滚出去老远。几个调皮的男同学看出了陈美文的窘态,故意围着她追追打打,有人碰她左边,有人撞她右边,吓得陈美文左躲右闪,两条粗黑的辫子在胸前晃来晃去。

因为惊吓，陈美文涨红了脸。她不像其他受了欺负的女同学那样去追打惊吓她的这些男同学。他们其实巴不得她去追打，这样就可以看到这个身材丰满的女同学大幅度活动时候的样子了。

"还好、还好，房子总算拿回来了。"清河镇上的人又说"还好、还好"。

陈美文的父亲，在下放的时候，掉在池塘里淹死了。那年她才五岁，没过多久，她母亲跟着一个南京来的知青走了。陈美文一直和奶奶生活在一起。

"还好、还好。"虽然陈美文的父亲淹死了，母亲出走了，但她还可以和奶奶生活在一起。

现在，她们有了自己的房子了，"还好、还好"。

六、交了新朋友

陈美文慢慢和大家熟悉起来了，虽然过高的身高和丰满的身体在我们班上还是显得那么突兀。她其实是个随和的人，跟任何人说话都是轻轻柔柔的。尽管张斌时不时碰翻她的东西，她从来不跟他争辩，总是默默地拾起碰翻在地的东西。她的这种隐忍激起了我们这些少年心中的愤慨和同情。愤慨是对张斌的，同情是对陈美文的。但是这种同情因为陈美文恰到好处的沉默和微笑没有进而发展成以心换心的友谊，除了黄依依。

黄依依和陈美文走在一起，就像是一对演滑稽戏的组合。黄依依在我们班是个子最矮的同学，除了钱二毛。陈美文和黄依依并排走在一起，就像一个母亲带着个孩子。

黄依依在我们班，除了个头引人注目外，还有一个另类的特点就是沉默寡言。她的沉默寡言并不是因为她的身高，很大一部分原因是她太热爱看书——不是课本，是小说。她总是一个人拿着厚厚的书看，课间看、走路看，甚至上课的时候也偷偷地看。据说她已经看过《飘》《简爱》《呼啸山庄》了。黄依依语文成绩很好，其他课简直就是一塌糊涂，倪老师总是说："黄依依啊，你偏科太严重了。"

黄依依的作文，经常令我们大开眼界。有一次，语文课的命题作文是《我的理想》，绝大部分同学都按照通常的作文范式来写：我的理想是长大后干什么，为什么想"干什么"，"干什么"可以"怎么样"。但是黄依依不这么写，她开篇第一句就反问："人生而为何？"

黄依依本来就沉默寡言，对杨明尤其如此，她从来不和杨明说话。她的沉默寡言好像是为了掩饰不和杨明说话——因为她不能和杨明说话，所以要尽可能少地和大家说话。

这个学期开学没多久，她得了一种奇怪的病——不时打嗝。她一打嗝，为了防止发出太过响亮的声音，就不自觉地向下压下巴，然后快速地回伸下巴，这一压一伸，让她看起来像鹅一样。也不知道是哪个调皮蛋给她取了个绰号——"伸头鹅"。

有人这么叫她的时候，她并不理会。黄依依用沉默寡言给自己做了一副铠甲。

黄依依是家里老二，她上面有个姐姐，叫黄茵茵，在清河镇中学上初中。和妹妹的矮小不同，黄茵茵高大丰满，有一头茂盛的天然卷发，走在清河镇的街上，十分引人注目。黄茵茵和黄依依这对姐妹，就像不是同一对父母生出来似的。黄茵茵的引人注目更加导致了黄依依的"引人注目"。但是对于黄依依，镇上的人并没有说"还好、还好，黄家还有黄茵茵"。

不知道为什么也不知道从什么时候开始，陈美文和黄依依就经常走在了一起。我们隐约觉得黄依依是故意和陈美文走近的。她就是要制造这种反差。

课间，黄依依和陈美文一起靠在窗边说话；放学，并排走在一起回家。不时地，两人用隐秘的方式交换着什么东西。

陈美文除了个子高、性格好以外，有很多"不好"——体育不好，学习成绩不好。倪老师安排我和陈美文同桌："你要帮助陈美文同学提高学习成绩。"

和陈美文同桌后，我发现她上课的时候，总是心不在焉，在纸上画来画去，既像是无聊时候消磨时光，又像是要把满腹的心事都落到那些笔画里去。

连续几次数学测试，陈美文都没有及格。这让我既着急又内疚，觉得辜负了倪老师的信任。那天放了学，我跟陈美文说："你等一下再走。"

我们俩坐在座位上，课桌上放着书和作业本，假装在做课外作业的样子。

"陈美文，你上课的时候，没有听老师讲课。"

"嗯。"陈美文嗯了一声，并不接我的话，但是眼角的余光告诉我她的脸红了。

"你有什么心事吗？"

"我……"陈美文结巴起来。夕阳透过教室的窗子照进来，照在她的侧脸，将她左侧面庞的汗毛都照得清晰可见。"我……听不进去。"

"你不要想别的事情，专心听老师讲。"

"我……我集中不了思想。"

"你有心事吧？说出来，说出来了可能就能集中思想了。你说给我听一听，我不会跟别人说的。"

陈美文侧过头，一双大眼睛将信将疑地看着我。

"我不会和别人说的。"我肯定地说，那会儿，我的表情一定很严肃，我要给她一个承诺。

"我奶奶身体不好……"她沉吟了一下,"我两个叔叔,他们两家都来了。我们房子里住了很多人。"

"你叔叔他们?是来照顾你奶奶的?"

"他们是来要房子的。"

"他们没有自己的房子住吗?"

"他们的房子在农村,他们想到街上来。"

陈美文说了出来,她看上去轻松了一些,仿佛将难题抛给了我——这就是我的心事,你非让我说,现在我说出来了,你能帮我解决吗?

我不知道该怎么接她的话,有点羞愧地低下了头。她开始收拾书本和文具。

"我先走了。"她轻轻地说,语气很温柔,像是在安慰我。

"嗯。"我歉意地看着她。

背了书包走出教室,我看到校门口一高一矮两个背影向远处走去。

七、有好有不好

经过半个多月的排练,清河镇完全小学宣传队的队员们,一大早就来到了人口普查宣传的第一站——清河镇茶馆。

也不知道为什么学校会选茶馆作宣传点。茶馆里都是老人。

"咚咚锵、咚咚锵、咚咚锵……"宣传队一路敲锣打鼓,走过水泥路,跨过圣贤桥,在清河人的注目礼中走进了茶馆。一进店,几个男同学便搬了几把空下来的条凳,拼在一起。第一首,唱词。傅敏、菊芬、宇萍和我四个女同学站上条凳,唱起了杨柳青调的"人口普查很有必要"。唱完

"杨柳青"，换另外四位同学站上条凳，演"三句半"。

一开始，店里喝茶的老人们显得还有点儿兴奋，有几个人伸长了脖子，想着喝茶还有人演戏给他们看，这是何等的待遇啊！慢慢的，有的人脸色就不好看了，嫌闹，但是也没有言语。毕竟他们这年纪，经历的事情多了。听说他们以前到镇里的茶馆喝茶，半路上有年纪大小不一的学生设卡站岗，一到卡点，红缨枪横在他们身前一挡："毛主席语录！"

"愚公移山。"

"放行！"

"要斗私批修。"

"放行！"

"革命不是请客吃饭。"

"放行！"

……

"三句半""咣——"的一声锣响后，又一位男生拿着竹板站到条凳上，甩得竹板"吧嗒吧嗒"响。早已不耐烦的老人里面，脾气大的开始抗议起来："不要唱了不要唱了，吵死了！"

"人口！人口！快要死的人了，查个毛！"有个老头突然站起来，铁青着脸冲着演出队员叫喊起来。

"就是！就是！茶馆店里都是老人，黄土都齐到头颈了，宣传也不看看地方！"

"把这些小鬼头弄出去！"那个铁青脸的老同志似乎在向谁发出命令。茶馆的工作人员，有的自己忙着手头的事，有的靠在门框上看演出。

"老同志、老同志，茶馆人口普查宣传是镇里面安排的，"带队老师连忙站出来解释，"就几个节目，马上就结束了。"

"不要演了，出去！"铁青脸的老同志脸更青了。有人挑了头，又看到带队老师态度不错，其他的老人开始集体起哄："出去、出去，吵死了、吵死了……"

"你们想破坏人口普查！"只听见一个尖锐的变声期的声音厉声响了起来，张斌拿着一面锣站到条凳上。张斌负责三句半里的最后半句，什么"就是好！""有必要"！"少不了"……

人群被这突然的严厉呵斥震惊到了，冷不防安静了片刻。

"喏喏喏，你们看看，大家看看，张福坤的儿子出来了！"仿佛突然醒悟了过来，一个老头挤上前来，指着张斌说。

"老古话，龙生龙凤生凤，老鼠的儿子会打洞。"

"你放屁！你们放屁！破坏人口普查就是犯罪！"张斌站在那里一副不甘示弱的样子。

"你爸爸从我们家抢去的金银财宝有没有交给政府？私吞了吧？叫他还回来……"挤上前的老头继续指着张斌。老头这么一说，很多人都围上来，纷纷伸出手指着张斌说："对、对，快把抄家拿走的东西还出来！""还出来！""把这个小鬼头弄下来，叫他带路，到他家里去拿回我们的东西……"

"张斌你下来。"眼看场面要失控了，带队老师指着张斌厉声说。也不知道是谁推了一下子，张斌从条凳上摔了下来，额角碰到了条凳的角，血从他的额头流出来。老头子们一下子安静下来，撤回自己的位置，我们这些人七手八脚地将张斌送往卫生院。

张斌左眼眉毛处磕了个小口子，缝了三针。

张斌的父亲张福坤赶到学校，跟校长提了两个条件：一是张斌是因公受伤的，应该给予表彰和奖励；二是张斌看病和以后修补伤疤的费用学校要给予报销。

校长说，张斌在学校集体活动期间，擅自跳出来训斥人民群众，引起了人民群众的愤慨，这种行为，损害了学校的形象，理应处理；张斌磕破缝针的费用，学校是没有项目可以报销的，但是几个校领导可以自己凑一凑，至于以后修补伤疤的费用，以后修补的时候再说吧。张父对校长的回复很不满意，按照他以前的脾气，非把学校搞得鸡飞狗跳不行，不过现在，不吃香了，人人看到他还要绕远走，他也强不起来，气鼓脑糟地踢了几下"清河镇完全小学"的牌子，走了。

没过多久，清河镇小学、中学一起，组织了一场声势浩大的五一劳动节游行庆祝活动。活动原计划是：游行队伍从小学操场出发，沿着清河街游行一圈，到清河镇政府，由学生代表向清河镇"五一劳动模范"荣誉获得者献花。献花完毕后，听劳动模范讲他们的先进事迹，听镇领导讲话，然后回到学校。

规模宏大的游行队伍浩浩荡荡从学校出发。队伍的前面，由二十名学生组成的彩旗方队举着五颜六色的绸布彩旗。绸布彩旗方队一直是清河镇大型庆祝活动时最引人瞩目的，所以能进彩旗方队是很多同学的梦想，谁要是成了彩旗方队的一员，那就意味着会被更多的目光特别是异性的目光注视。陈美文个子最高，她举着红旗走在小学部队伍的最前面。傅敏、菊芬、宇萍和我，都在彩旗队里。黄依依因为个子不够，没有被选进彩旗队。

队伍游行到新华书店门口的时候，一个心不在焉的炮仗手提前放起了炮仗。只听得"砰——啪——"一声炸响，一个炮仗在队伍的上空炸裂，碎片掉到了彩旗方队，只听一声"啊——"的惨叫声，菊芬的右耳鲜血流淌。彩旗方队顿时大乱，游行队伍也陷入了混乱。

说时迟那时快。

校长一个箭步冲进新华书店，从里面搬出一个高凳，将高凳"噔"地摆到队伍前面，随即站了上去："同学们不要乱！不要乱！听我说：赵副校长，请你找一位同学接替菊芬同学；王主任和柴老师，请你们两位马上送菊芬同学去卫生院。彩旗方队和献花的同学由赵副校长带领继续前往镇政府，其他同学在各自班主任的带领下，回到各自的班级。请大家不要乱！不要乱！"

……

五一劳动节游行庆祝活动差点酿成惨剧。

校长和教导主任拎了糕饼果子到菊芬家里去慰问和道歉。

菊芬的父亲和张斌的父亲原来分别属于两个派别。张斌父亲专门领一队人抄别人的家，菊芬父亲不同，他不抄别人的家，专门领一队人砸"四旧"和批斗"地富反坏右"。

"我们不能拿别人的东西，拿别人的东西是不道德的。我们要从灵魂上进行革命，要让地富反坏右在灵魂上彻底认清他们的反动本质！"菊芬的父亲身材高大，有一张蒙古人一样宽大扁平的脸，粗而浓的眉毛下一副宽边的黑边眼镜，将他细长的眼睛藏在玻璃后面，由于镜片的磨损，你看不清他镜片背后的眼神。

没等忐忑不安的校长开口，菊芬的父亲就一个箭步上前，握着校长的手说："校长，菊芬参加学校的游行受了伤，这跟战士上战场打仗受了伤是一个道理。能够上战场上前线是光荣的，受伤是光荣的。更何况卫生院已经检查过了，听力没有影响，就是炮仗碎片掉下来擦破了点皮，在耳朵旁边，当时流了血看起来吓人，过几天就好了，连疤痕都不会有。学校选菊芬做彩旗队队员，这是我们菊芬的荣誉，是我们家长的骄傲！请校长、请教导主任、请老师、请学校全体同学放心，我们不会找学校的麻烦，我们感谢学校！"

校长一句话没说上，就被菊芬的父亲送出了家门。

"菊芬的父亲还是很不错的，深明大义。"校长和教导主任两人走在回学校的路上说，"有好有不好，不能一概而论。"

八、我们的兄长（一）

说起来也挺凑巧的，我们这个班级，"老二"居多。班长傅敏是老二，他哥哥读高中，是高一一班的班长；我，老二，我姐姐跟着妈妈在县城上初中；菊芬和宇萍都有一个哥哥，是初中毕业班的同学，她们两个哥哥好得像亲兄弟似的，都穿劳动布直筒裤，舍不得理发，是很多大人眼里需要警惕的对象；杨明也是老二，他哥哥杨军和傅敏的哥哥是同班，一个地下、一个天上；钱二毛也是老二，他哥哥钱大毛本来应该和傅敏哥哥一个班，可是他的学商，跟他弟弟钱三毛一个样，他父亲老钱只能让他休了学，继承自己家做豆腐卖豆腐的产业；黄依依也是老二，她姐姐黄茵茵可是中学部的风流人物，她不管不顾地挺着高高的胸脯在街上、在校园昂首挺胸地走路，很多家长都提醒自己的孩子要离她远一点。

"黄茵茵啊，跟她妈妈一个样。"家长们都这么说。

这么说起来，也许倪老师带的这个班，是清河镇历史上名副其实的"小二班"呢！

除了嫡亲的兄长姐姐，我们还有很多表亲和堂亲。

比如杨波是宇萍的表哥，杨萍是宇萍的表姐，民丰呢，也算是我的一个远房表哥。

我们被安排去校办厂学工，说是学工，其实就是包装刀片。

校办厂虽说在我们学校旁边，但是平时，除了看到刷得粉白的墙、墙上的标语和围墙上森森的玻璃碴，我们永远都搞不清楚它里面的布局、里面在发生些什么、它上班的通道在哪里。有时会看见几个穿着时髦的男女从我们学校门口经过，他们永远都昂着头，从来不看我们一眼。

我们被带进一间二十多平方米的平房里，房子中央摆着一张巨大的工台。"小二"班的学生围着工台坐成长方形一圈，每个人的前面放着一刀印刷好了的包装纸和一小筐码得整整齐齐的刀片。

"从你们前面的那刀包装纸里面取出一张纸，平放在工台上，从框里的刀片里，取出十片刀片，整整齐齐地平放在包装纸的中间，对齐叠好，将包装纸的边像这样折过来，将刀片包起来，再将对折过来的包装纸的边上用糨糊粘上，就这个样子，用力将边摁上……"

给我们讲解包装方法的人就是宇萍的表哥杨波。杨波瘦高个，平头，长脸，小眼睛，单眼皮，鼻子又高又挺，长而深的人中下面，是男人里面少见的粉红嘴唇，两边的嘴角微微翘起，翘起的嘴角更显出他嘴唇的与众不同。说话的声音里有一股特别的书卷气，吐字清晰。

"这是我表哥。"宇萍向我们使了个眼色，随后又悄悄地跟我说，"我表哥学日语的。"

"他跟谁学啊？"

"跟录音机学。"

"跟录音机？怎么学呢？……"我沉吟了一下，"你能不能跟你表哥说一说，让我们去见识一下。"我用了一个很书面的词，觉得只有这个词才能让宇萍觉得这份请求的郑重其事。

那时候，清河镇中学毕业后的那些男青年，无论从事什么职业，业余时间有多半会练吊环、哑铃、举重……对这些人而言，似乎工作是顺带的，运动才是正事。毕业后仍然几乎每天下班后就到学校的操场上，打篮球、踢足球、打排球、打羽毛球……有时候自己组队，有时候混进学生队伍里。总之，要是他们的生活里没有运动，还不如让他们死了呢！也有的经常三五成群、搭肩拉胯地坐在一起不知道干什么的。他们有时候坐在粮管所门口，一边喝着啤酒一边看着我们这些女学生走过，指指点点的；也听说有的拎了录音机找隐秘的地方听歌跳舞的。但是我们没有见过——这些人通常被描述成穿着喇叭裤甚至还穿着紧身的花衬衫，流氓兮兮的。跟录音机学日语，那就是独一份的，说想"见识"一点儿也不夸张。

学工结束后，在表妹宇萍的再三恳求下，杨波终于同意我们去"见识"他学日语。

礼拜三中午午休的时候，我们四个清河镇完全小学的女生，在宇萍的带领下，向着杨波的住处走去。

杨波在他父亲单位的宿舍有一间单独的房间，他一个人住在那里。我们悄悄地穿过宿舍二楼的走廊，宇萍在一间窗帘拉得严严实实的房间门口停下，轻轻地敲了三下门。

杨波打开房门，脱去工装的他看上去恬静居家的样子。

"凳子不够，你们床上坐吧。"他把我们让进房间，顺手拉开了窗帘。

宿舍有十多个平方米，靠窗摆着一张四仙桌，靠墙有一个拼花贴面的五斗橱，一张硬木床板的单人床。四仙桌上放着一台三洋牌四喇叭收录机。

"表哥，她们想看你是怎么学日语的。"宇萍说。

"好吧，我给你们演示一下。"杨波像那天给我们讲解刀片的包装方法一样开始了他的演示。先摁下一个按键，只听得"咔嚓"一声，收录机的面上弹出一个口子，他从口子里面取出一盒磁带，"这是磁带，教学的内容都录在这上面。"展示完磁带，将它放回口子里，"啪"的一声合上盖子，然后摁下上面一个红色的键，喇叭里面发出"沙拉沙拉"几声响后，一个轻柔的女声说话了："下面，我们开始讲第六课。"

"就这样跟着念，还有一套书。"杨波指了指桌上靠墙码着的四册日语学习课本。

"这么神奇啊？"

"这样能学得进去吗？"

"怎么考试呢？"

……

我们七嘴八舌地议论起来。

"现在北京、上海、广州、杭州这些大城市的年轻人都是这么学外语的。"杨波说。

"他们学外语干什么呢？"

"出国啊。上海学日语的最多，学了去日本打工，北京广州学英语多，去美国。"

"表哥你是要去日本吗？"

"没有，就是学学。"杨波回答得毫不扭捏。

"我妈妈说，杨波哥哥求上进，学了日语要去日本。"

"那是乱讲的，学日语就一定要去日本吗？那学希伯来语，去哪里？"杨波有点不屑地说，"平时无聊，找点东西学，总比街上晃荡浪费时间好吧。"

希伯来语？这是我们从来没有听到过的！还有这种语言！

杨波的话让我们沉默下来，平时只听大人和老师教育我们好好读书，好好读书的未来意义在于找一份工作，现实意义在于大人和自己的面子。所以我们总是想，工作了就不用读书了，不用读书了就自由了。可是杨波一个已经工作了的人，却自学日语，给自己找不自由。看来，我们想象的自由是一个不那么可靠的东西。但同时，我们对杨波的话还是有点将信将疑——你学什么总是为了点什么吧？什么都不为？就是单纯的学？按照我们清河镇人的想法，这样的人要么就是古怪要么就是遇到了什么事。

正当大家不知道如何继续话题的时候，一个高个子的丰满女子手上提了个布袋子走了进来。

"杨波，妈妈让我给你送饭来。"她显然被满屋子的人惊到了，目光从我们每个人的脸上逡巡了一遍，最后落在宇萍身上，"宇萍，她们都是你的同学啊？"

"是的，杨萍姐姐。她们一定要来看看杨波哥哥是怎么学日语的。"宇萍有点不安地答道。

"这有什么好看的，能当饭吃啊？"杨萍把袋子放到桌上，拿出一个铝饭盒递给杨波，耷拉着眼睛也不看人，"连饭都要让别人送。"

和杨波的瘦弱不同，杨萍看上去结实丰满，宽大的铁锈红灯芯绒两用衫也遮不住她高耸的胸脯。一双大大的丹凤眼，双眼皮，皮肤白里透红。尽管说话的语气有点冲，但是她的声音很好听。

杨波也不说话，接过饭盒放在一边。

"快吃啊，等一下冷了不好吃了。妈妈让你一定要趁热吃，我骑脚踏车赶死赶活。"杨萍没好气地说。还没等大家从她的"没好气"里反应过来，她已经转过身对着宇萍说开了，"宇萍啊，你们班上有没有烫头发穿喇叭裤的同学啊？"

"没有的，杨萍姐姐，我们还是小学生。"

"哦，对了，你们还小。听说现在中学里风气很不好，有些男生，甚至还有女生流里流气的，你们不好学的啊。"

"嗯。"

"现在的人，也不知道怎么想的，挺了个胸脯，好像有多么了不起似的。你们中学里有个叫黄茵茵的，就整天挺着个胸脯走来走去的。我们丝厂也有这样的人，街上的、乡下的都有。挺起来耸在那里，看着都叫人脸红。对了，那个黄茵茵，她妹妹好像和你们差不多大。"

"嗯，是的，她妹妹是我们同学。"宇萍说。

"哦，是吧？两姐妹完全不同，妹妹老老矮，走起路来含个胸，像她爸爸；姐姐又高又大，走路还挺个胸部，耸啊耸啊，像她妈妈。"杨萍说着把自己本来就高耸的胸脯夸张地挺了挺，我们看着她的动作，都红了脸，她完全无视我们这些含苞的小花骨朵，只管自己一个劲地说，好像这些话憋在她心中太久了，如果今天这个机会不说出来，她会把自己憋坏，"挺得这么高，不就是想让人看吗！真不晓得这些人怎么想的！我恨不得拿阔布条把整个胸部绑起来扎紧，她们还当什么稀罕的东西晃来晃去，唯恐人家看不见，丢人现眼的……"

"姐——"杨波红着脸向杨萍使了个眼色。

"我们要上课去了。"宇萍慌里慌张站了起来，我们几个连忙跟着她挤挤挨挨出了门，像逃兵一样。

"宇萍啊，你表姐长得这么漂亮，说起话来怎么这么难听啊？"

"她啊，就是这个样子，老姑娘，嫁不出去。"宇萍说着撇了撇嘴。

"这么漂亮，怎么会嫁不出去？"

"光长得好看有什么用啊，这么吓人，见一个逃一个。你们今天第一次见她，她就说这些莫名其妙的。"宇萍说，"我妈妈说，我大舅舅家的人，除了我大舅妈，都有点独头独脑的。"

"你表哥的三洋放不放邓丽君的歌？"菊芬突然打破沉默，压低了声音问道。

九、我们的兄长（二）

其实，镇上有人在听邓丽君，谁都知道，但是谁都不说。

当然中学部最出名的那几个，"不经意间"会哼哼几句。但是我们几个谁都没有听过真正的邓丽君唱歌，哪怕是耳刮子刮到一句半句呢！

杨波有台三洋牌收录机，他是用来学日语的。我们却异想天开地认为，如果我们求求杨波，他是愿意给我们听邓丽君的。

我们开始策划这件事：让宇萍跟杨波约一个礼拜天，就说我们想跟着他学一堂日语课，杨波这么一个爱学习的人，听说我们要跟他一起上课，一定不会拒绝的。上完课，我们就开始轮番求他，求他放邓丽君的磁带给我们听。当然，就算杨波有心放给我们听，但是他极有可能没有邓丽君的磁带，这就是个很大的问题了。所以，我们必须先搞到一盘邓丽君的磁带。可是，搞到一盘邓丽君的磁带跟搞到一台三洋牌录音机一样难！到哪里去搞邓丽君的磁带？看来，搞磁带这条路是走不通的。我们七嘴八舌商量后，决定直接去，杨波有，而且被我们轮番恳求打动了，我们就听；没有，那就算了。

宇萍第一次提，杨波没答应，第二次提，杨波就答应了。这么看起来，杨波还是比较好求的。我们几个信心大增。可到真正去的那天，傅敏说她不能去了，她妈妈让她去看外婆。虽然有点扫兴，但我们还是满怀希望。

杨波的宿舍里，还坐着个男青年，我的远房表哥民丰。民丰长得像麻子舅舅，眉清目秀的，有股民国时期的公子气息。

"民丰哥哥也在学日语吗？"我有点做贼心虚地问。

"我不学鬼子的话。"民丰哥哥斜着身子坐在硬木椅子上，右腿架在左腿上，"杨波怕你们吃了他，让我来保护他。"

我们大家都笑了起来。

杨波不笑，也不说话，拿过日语教材，铺开在桌面上。"那么我们就开始了。"他说着摁下了收录机上的播放键。

磁带吱吱地转过几圈，一个轻柔的女声说话了："下面，我们开始讲第一课。"

"杨波，真的要上课啊？"民丰抗议起来。

"她们是来上课的，要跟着上一堂日语课啊。"杨波说。

"表哥，其实……"宇萍吞吞吐吐地。

"其实什么？"

"其实，我们想来听歌。"宇萍鼓起勇气。

"我没有唱歌的磁带。"杨波说，"我爸爸给我买这部收录机，说好是学习用的，不是听歌用的。"

"可是听歌也是健康的，要不然，我们为什么有音乐课呢？"菊芬是我们学校的歌星，学校有演出，就一定有她的独唱。

"对啊，这位小姑娘讲得很有道理啊。"民丰哥哥说，"杨波，你就让她们听一听歌呗。"

"可是我真的没有唱歌的磁带。"

唉！我们一个个耷拉下脑袋。

"你们想听谁的歌啊？"看着我们沮丧的样子，民丰哥哥像是要哄我们开心似的。

"我们想……"菊芬刚想大声宣告，我们连忙扯她的衣袖，她低下头来，我们都低下头来，三个小女孩的头抵在一起，我们异口同声地轻声说："我们想听邓丽君的歌。"

"没有。我都没听过。"杨波说，"没有，就是有，也不能放给你们听。"

"杨波，你真的没听过？"民丰哥哥张着嘴直直地看着杨波。

"当然没有，骗你干吗！"

"那，你想听吗？"民丰哥哥将身子倾向杨波。

"想、想，杨波哥哥一定想！"菊芬迫不及待，"对吧，杨波哥哥？"好像杨波是她的表哥。

"我……这个地方……我爸爸……"杨波支支吾吾地说着。

"杨波哥哥，今天礼拜天，这个地方一个人都没有，我们刚才进来的时候，连只猫都没看见。"菊芬也将身子倾向杨波。

"是的是的，杨波哥哥，一个人都没有。"宇萍说。

"民丰哥哥，你有邓丽君的磁带？"我觉得麻子舅舅家的孩子，那么乖，怎么可能有邓丽君的磁带。

"你们等着我啊。"说话间，民丰哥哥像猫一样灵敏地站起来，"不要走啊，一个都不要走。我骑车来回，最多十五分钟。"

等待的十五分钟是漫长的，为了不让杨波哥哥反悔，我们就像商量好似的，请杨波哥哥播放日语学习第一课。

"空你期望。"日语学习第一课的第一句话是问候语"你好"。可是在我听来，这句问候语非常不吉祥。"空你期望！"那就是要让我们的期望落空啊！

民丰哥哥风尘仆仆地赶回来，从劳动布直筒裤的屁股兜里掏出一个磁带，塑料壳子的里面，是折叠后塞进去的白纸，白纸上写着"教材"两个字。我们失望极了，怔怔地看着民丰哥哥。

民丰哥哥也不解释，下巴一扬，示意杨波取出磁带，然后打开自己带来的磁带盒，将磁带放进三洋牌收录机里面。就在即将摁下播放键的那一刻，杨波示意停下来，他起身走到门口，打开门站到走廊上，朝外面看了一会儿，转身回屋，将门关上，调低收录机的音量。

杨波哥哥屏住气，摁下了红色的播放键。磁带"刺啦刺啦"地转起来，转了足足有两分钟，也不见有歌声出来。五个凑在一起的脑袋，不甘心分开。

"小城故事多，充满喜和乐，若是你到小城来，收获特别多。看似一幅画，听像一首歌……"歌声轻轻地飘出来，一个温柔的女声娓娓道来，我们屏住呼吸，害怕一丝最微弱的气息会打断这个声音……

一首唱完，磁带"刺啦刺啦"地转过几圈。

"甜蜜蜜，你笑得多甜蜜，好像花儿开在春风里，开在春风里……"还是那么温柔的声音，加上了一点气声，有几个地方是后鼻腔发出的声音，温柔里夹着娇嗲，整个房间变成了温柔乡。

正当我们如痴如醉，沉浸在从未有过的听觉体验中的时候，播放键"啪"的一声弹了起来。

"没了呀？"异口同声，失望的、惊愕的表情。

"哎呀，跳带了，不行了不行了，坏掉了。"民丰哥哥说。

"还能听吗？"

"不能了。再放就卷了。"

"啊，这……也太……"

"还没过瘾啊！"

"民丰哥哥，再想想办法呀……"

"你们运气好，听到的是最精华的歌。"民丰取出磁带，放进伪装成"教材"的磁带盒。

"民丰哥哥，再让我们听一遍吧。"

"听不了了。你们要知道我这是冒了多大的风险，是吧，杨波？你们的杨波哥哥也是冒风险的。"

"民丰哥哥，"菊芬凑到民丰跟前，声音压得低低的，"你的磁带是找别人转录的吗？"

"干什么？"民丰直起身子，警惕地看着菊芬，"听就听了，少打听啊。今天的事，你们跟谁都不能说，听到没有？"民丰又用严厉的目光跟我们每个人的目光确认了一遍。

离开杨波的宿舍，我们三个走在路上，谁都没有说话，似乎还沉浸在邓丽君的歌声里。除了萦绕在脑海的歌声，还有一个让人刺激的重大的秘密。

"原来歌可以这样唱……"菊芬自言自语。

十、陈美文被叫走了

校办厂围墙上有了新标语。

"为实现四个现代化而努力奋斗！"

崭新的红字，依然笔挺。

"看完了吗？"课间，黄依依来到陈美文的课桌前。

"快看完了。"

"好看吗，郝思嘉？"黄依依冲着陈美文神秘地笑了笑。

"嗯，好看。"陈美文说着也笑了起来，"明天拿来还给你哦。"

"好，明天再给你换一本。"

下一个课间，陈美文去厕所，很长时间没有出来。

"陈美文怎么这么长时间还不出来？快上课了。"我朝着教室门口张望。

菊芬听得我说话，走到我旁边，低声说："陈美文发育了。"

"陈美文发……育……"

"嗯，哎呀，就是……就是……她，出血了。"

"哦——"我若有所思，想起了妈妈换月经带时候的样子。一长条、一长条渗满血的草纸被扔进茅坑里、大腿两侧总是被磨破、用力搓却怎么也洗不掉的陈年血印子、月经带挂在阳台上在风里飘来飘去……

"陈美文被倪老师叫到办公室去了。"钱二毛甩着双臂走到我旁边，拉了拉我的袖口，我弯下身子，"黄依依也被叫去了。"

难道是因为她们看小说的事？我在心里嘀咕着。

"办公室里来了几个人，"张斌有点兴奋地跑进教室，"是人武部的章建清带来的，看上去很凶的样子。"

"几个？男的？"

"什么样子？"

"哪里来的？"几个男生围到张斌旁边。

"不知道哪里来的，表情很严肃的。"

"他们来干什么？"

"不知道，肯定跟……喏——那个人，有关呗，要不倪老师会把她叫到办公室？"张斌说着，抬起下巴冲着陈美文座位的方向指了指，脸上掩饰不住的兴奋。

"那黄依依呢？黄依依干吗被叫进去啊？"

"我哪里知道啊！"张斌不耐烦地说。

随后一节课，课上到一半的时候，黄依依面无表情地回到了教室，陈美文没有回来。

第二天，陈美文也没有来学校。放学的时候，黄依依把陈美文的书包带走了。

第三天，学校里就传开了，陈美文被东田人武部的人带走了。东田抓了几个小流氓，他们总是穿着奇装异服在清河到东田的公路上成群结队地逛来逛去，吓得很多女的不敢走这条路，民愤很大。他们招供：跟陈美文跳过贴面舞，搞过不正当男女关系。有一次，黄依依也跟着陈美文去了，但是她没做什么，只是在旁边看。东田人武部的人来学校，看见黄依依走进办公室，都吃了一惊，觉得"黄依依没做什么"这个说法是可信的，就没有带走黄依依。

陈美文的座位一直空着，直到后来倪老师把它安排给了张斌。

那天放学，我们走上圣贤桥的时候，夕阳正好照在清河上，河面上像被倒翻了的猩红染料染过似的。杨柳在微风里摇摆着，有几株柳条快垂到河面了，在风中，它们伸开身子的姿态，像是要不顾一切地去够那被染红的河面。

"这次'严打'，小鬼头们要吃苦头了。"

圣贤桥的桥档上，坐着几个闲聊的老头。

"跳跳舞有什么关系呢。"一个说。

"有没有关系又不是你说了算的。"另一个说。

"那谁说了算？"前一个反问。

"谁知道谁说了算！"坐在对面的那个说。

"这次啊，章建清抽到工作组了，这个人，你们知道的……"

看见几个学生走来，他们暂停了话头，目送我们几个走下桥去。

"你们想想看，喏，看见吧，"他们肯定还在目送我们，"像这么大的，有个十三岁的女学生，都被东田人武部的人叫走了。"

十一、政治课

这一天上午，第三堂课是政治课，第四堂课还是政治课。

每个星期一的第三、第四堂课，都是政治课。

"同学们，你们不要以为只有语文、数学课重要，政治课也很重要，从今年开始，考初中，政治课也是一百分。不学政治，要吃亏，不懂政治，也要吃亏。"教政治的张老师身材小巧，戴着一副黑色圆框深度近视眼镜，镜片一圈一圈，像盐水瓶的瓶底。她的先生是清河镇中学的政治老师，戴着和张老师一样的眼镜。他们俩都教政治，原来都在麻漾那边下乡改造。

张老师喜欢板书，经常背过小巧的身子，在黑板上写下时间、事件、重要的句子……同学们喜欢张老师的板书时间，可以借机打闹一下。但是张老师有着异常敏锐的听觉，高年级的同学给我们传授经验的时候说，一定要当心那些下过乡回来教书的老师，他们听觉都很好。课堂上稍有一丝声响，张老师板书的手便会僵了似的停在空中，然后慢慢地转过身来，从圆圆的一圈一圈的镜片后面，射出严厉的光来，扫视着教室里的每一张脸、每一个角落。她长时间地将目光扫来扫去，不说一句话。教室里安静得针掉在地上的声音都能听见，大伙儿最喜欢这样"激动人心"的时候……

"我们今天的课，讲遵义会议。"张老师推了推她的厚瓶底眼镜，从粉笔盒子里取出一支白色的粉笔，背过身去，踮起脚尖，尽量让板书写得高一些。

"遵义会议　1935 年……"

"年"字的最后一笔刚刚落下，教室的门被轻轻地推开了，倪老师瘦长的脸出现在隙开的门缝，她冲着前排打着手势。同学们交头接耳起来。

张老师板书的手停在空中，她顺着光射进来的方向转过身去，看到被推开的前门缝里，倪老师正冲她招手。

张老师走过去，和倪老师在门口低声说了几句话，走回教室，走到杨明跟前。

杨明向倪老师走去，倪老师攥紧他的胳膊，把杨明拉出了教室。

教室的门关上了。

第三、四节课的课间，女同学们在操场上跳橡皮筋。

"马兰开花二十一、二五六、二五七、二八二九三十一，三五六、三五七、三八三九四十一，四五六、四五七、四八四九五十一……"

李信子呼哧呼啦地边跑边喊："班长、班长，张斌和钱二毛打起来了。"

班长傅敏连忙褪下腰间的橡皮筋，迎着李信子走过去。"你快去叫老师。"傅敏跟李信子说。

我们跟在班长的后面。

"钱二毛怎么会和人打起来？"菊芬说。

"是啊，他从来不和人吵架的。"班长说。

张斌和钱二毛两人身上全是泥。钱二毛弯着身子，看上去头几乎要碰到膝盖了。张斌直着身子，嘴里不停地骂着："驼子阿二，死驼子，要你寻死，又没骂你爸爸偷野老婆，要你寻死啊。"

钱二毛捡起一块石子，朝张斌扔过去。石子打在张斌的左腿上。张斌跳起来，冲着钱二毛扑过去，钱二毛躲闪不及，被扑倒在地上。张斌将膝盖压在钱二毛的身上。傅敏一个箭步冲上去，使劲拉住张斌。钱二毛的脸被摁在地上，他挣扎着扭过头来，愤怒地盯着张斌。

上课的铃声响了。

倪老师和张老师一起站在讲台前。

"张斌、钱二毛，你们两个到前面来，站在讲台旁边。"倪老师说。

钱二毛从座位上挪开身子，跨了两步走到讲台旁，转过身子，低着头朝向同学。张斌拖拖拉拉走到讲台边，在离钱二毛一人肩膀宽的地方立着。

"这堂课开始前，我要先批评你们两个，打架，违反学校纪律，放学以后留下来，到办公室写检讨。听到没有？"倪老师口气严厉，目光犀利地看向两人。

"听到了。"钱二毛回答。

张斌晃了晃脑袋。

"张斌，听到没有？"倪老师提高声音问道。

"听到了。"张斌不情愿地回答。

"我还要和大家讲几句话。"倪老师侧过脸朝向大家，"同学们记住，不管是谁，在学校里，不能议论大人的事情，听清楚了没有？"

"听清楚了！"同学们响亮地回答。

"好，现在张老师继续给大家上课。"倪老师离开讲台，走出教室。

教室的门关上了。

"上课。"张老师喊道。

"起立。"傅敏响亮地喊着口令。

教室里响起了一片课桌椅摩擦地面的声音……

这天放学后，钱二毛独自一个人背着书包走出了校门。他的双臂不断向后甩着，看起来真像一只鹅……

十二、杨父自杀

星期二，整个清河镇都传开了，杨明的父亲自杀了。

每个地方都有自杀的人。自杀总是反常的。反常的就是新闻，自杀事件都是新闻事件，新闻热度要维持很长时间，然后滴滴答答、零零星星地被人提起，慢慢地才变成传说。

这两年，清河镇比较轰动的是一个上海女知青的自杀。她是跳河自尽的。打捞上来后，发现她有身孕了。上海女知青、怀着孩子、跳河自尽、一尸两命……

在清河镇，跳河自杀是最为常见的自杀方式。就好像清河底下有申诉冤屈的法庭似的。大部分跳河自杀的，都是从圣贤桥上跳下去的，不少人住得离圣贤桥很远，还是坚持要到圣贤桥上来跳。不知道是因为圣贤桥高还是因为它的名字好，抑或他们真的相信圣贤桥底下可以"叫魂"。

在所有清河镇跳河自杀的事件中，上海女知青的自杀最为轰动。一来，她是上海知青，当年同来下乡的知识青年都回城了，她单身，却没有回去，也不申请，难道上海不比清河好？二来，她非常漂亮，有一头长及腰身的天然卷发，身材既丰满又苗条，走起路来，婀娜轻盈。这个镇上有些女人说起她来，一半酸一半羡；最最重要的是第三点——她怀了孩子。到今天，人们都不知道她怀上了谁的孩子，是谁让她怀上了孩子——其他人要是大了肚子，肚子里的孩子是谁的，总是有蛛丝马迹的。可是上海女知青怀了谁的孩子成了清河镇一个未解之谜。总之，上海女知青的自杀让清河镇的很多人唏嘘不已。很长一段时间里，桥头聊天的老头们都在交换他们从各种渠道获得的关于上海女知青的信息，推理各种各样的可能性。仿佛不破这个案子，他们坐在圣贤桥上就脸上无光。

杨明父亲的自杀，震撼程度超过了清河镇有史以来所有的自杀事件，包括上海女知青的自杀事件。他把一个锈迹斑斑的六寸长的铁钉硬生生钉进了自己的前额！——仿佛他要用这种前所未有的惨烈来垂名清河史！

"杨明啊，你跑步跑得快，快去、快去、快去，在卫生院。"倪老师说，"你当心啊，不要摔跤啊。"倪老师冲着飞快消失的杨明的背影喊道，"你要当心啊！当心啊！"

"又是卫生院，这狗日的卫生院。"杨明一边跑，一边在心里骂道。

他感到自己的眼泪流到面颊上了，随即，鼻子就像被塞了两团棉花堵上了。他伸手用袖口擦去脸上的泪水。他看到"红毛"垂在他二哥背上晃来晃去的两个竹竿一样的手臂，"红毛"二哥头上脸上不断流淌下来的水，他脚上流出的血把卫生院的地都染红了。

"下面全是水草。""红毛"二哥边跑边说，"拉也拉不动。""红毛"倒垂在他二哥的肩头，两只胳膊在二哥的背上晃来晃去。

"还好还好。""红毛"死后，镇上的人说。

"还好，还好个屁！还好个卵！"

杨明跑进卫生院，跑进抢救室，看到父亲躺在铺着白色床单的床上，额头满是血迹。锈迹斑斑的钉子已经被拔出来了，放在床头柜子上一个白色搪瓷盘子里。

一个礼拜不见的父亲，已经瘦得皮包骨头了。他宽阔的脸上满是紫黑的血痂。从眉心沿着鼻沟一直延到下巴的那条血迹，让父亲的脸看起来像被一劈两半。血痂遮去了他曾经英俊的脸庞和五官。母亲跌坐在地上，嘴里不停地说着："好好的一个人，好好的一个人……"

杨明走到父亲跟前，他看到父亲垂在一侧的右手，手上满是锈迹。

杨明呆呆地站了一会儿，转身走出抢救室，向药房的药工要了一个脸盆，几块纱布。

整个清河镇的人都在传颂杨明。他们绘声绘色地描述着杨明在医院所做的一切。

杨明端了水走进急救室，用纱布仔细擦洗着父亲的脸和手。他父亲脸上的血渍，因为长时间凝结，已经成了痂，他耐心地轻轻地一点一点地擦，生怕擦重了弄疼父亲。脸上的血渍全都擦去了，英俊的脸庞和五官又回来了。只是额头的洞，找不到合适的东西去填。杨明又去擦父亲的手，他父亲的两只手上，满是铁钉的锈迹。那锈像从他皮肤里长出来的一样，怎么擦都擦不掉。

杨明擦洗着父亲的脸，血渍一点一点地去除。笔直的鼻梁、清晰的人中、分明的唇线……渐渐地清晰起来，只是脸庞那么僵硬，那么苍白，没有一丝弹性，一丝活色。他的手，宽大厚实，但是也没有一丝血色，僵直冰冷。杨明搞不明白，为什么父亲那么僵硬，而"红毛"看上去那么柔软，他倒挂在他二哥的背上，就像一个瘪瘪的麻袋，两条胳膊晃来晃去……

　　就在杨明为他的父亲擦洗血迹、锈迹的两个多小时的时间里，杨军没有露面，杨明的母亲一直跌坐在地上，她嘴里不停地说着："好好的一个人啊，好好的一个人啊，你们还给我这个人啊，你们还给我这个人啊……"

　　一个礼拜前，他们把杨明的父亲带走。粮管所有人举报他贪污了收粮款。

　　"贪污？他贪污的钱呢？"杨明的母亲问来抄家的人，"你们看看这个家里，有什么值钱的东西？啊？"

　　来人在屋子里前前后后看着，杨明的妈妈跟在他们后面："我的两个儿子，杨军和杨明，你们都知道的吧？你们看见他们穿的是什么？"她打开一个柜子的门，"你们看吧……"柜子里是各种各样的药盒子，"这个家就是被我吃药吃穷的，你们从来没有见过那么多药，是不是？"

　　"嗯。"来人说，"你身体一直不好，大家都知道。"

　　"那你们说他贪污，他贪污钱给我买药吃？"杨明的妈妈紧紧地跟在来抄家的人身后。

　　"这个要查了才知道。"来人说。

　　杨明的父亲一句话也没说，跟着来抄家的人走了。

　　杨明的母亲追到门口，望着远去的背影。和来人比，她的丈夫显得尤为高大。她冲着丈夫的背影高声喊道："你到底在外面做了些什么啊？"

　　没有回头，背影远去。

　　杨明的母亲用手捂住脸，泪水不停地从她的指间流出来，把她的整个手背、手臂都打湿了。多年以来，从父亲老顾说"他定下来了"的那一天起，她有过刹那间的惊喜，这个如此英俊的男人真的定下来了？但从此，她的心就始终没有落定过，不是因为人们诧异的羡慕嫉妒恨的眼神，而是她内心那个自知之明的声音。只是这一天以这样的方式来临，完全不在她想象的所有可能之内。

十三、黄依依的《路》

这年秋天，是清河镇的丰收季节。

晚稻的亩产突破了千斤，这可是件了不起的大事！一直以来，清河这个地方的晚稻亩产都徘徊在六七百斤。很长一段时间，家家户户基本都只能吃又硬又糙的早稻米饭，晚稻米能卖更好一点的价格，农户们只留下逢年过节吃的量，其余的都拿到粮站去卖了。晚稻亩产突破千斤，意味着大家在日常就可以吃到更软更香营养更好的晚米饭啦！

振奋人心的，还有清河镇丝厂生产的白厂丝获得了全省优质产品的称号，全省优质产品，这一年总共就八件！这不仅再一次证明了清河镇蚕茧百年以来的不灭神话，更说明了清河人万众一心咬牙上马清河镇丝厂是一个多么正确的决定！尤其重要的是，全省八件之一的稀罕数量——全省！还有省城及各个地级市，那里的聪明人不比我们清河更多吗？说明了清河人的聪明智慧完全不输别人，甚至有可能比别人更聪明更有智慧更能成功！

还有一件锦上添花的事：多年来都产量稀少的携李也少见地让清河人吃了个够。携李可不是普通的水果，是古代江南少有的敬献皇上宫廷的贡品，贡品丰收，这多少是一个祥瑞吧！

这年秋季也是我们"小二班"丰收的季节。

先是在全县举行的五年级应用题比赛中，钱二毛夺得了全县第二名。钱二毛获得的这个成绩，刷新了清河镇完全小学在全县数学教学领域的最高纪录。而对我们这些钱二毛的同班同学来说，最兴奋的是终于看到了唐老师的另一张面孔——笑脸！原来，唐老师也是会笑的，他笑的时候，平时抿得紧紧的嘴巴突然间张得很大，大得几乎能塞进一只青蛙。他张大嘴笑的时候，我们甚至能看到他的整个口腔内部，非常宽阔，如果他唱男高音，有着先天的口腔构造优势！随后，在全县举行的小学高年级段命题作文（作文比赛的题目是《路》）竞赛中，黄依依的参赛作品获得了优胜奖。这是清河镇完全小学历史上获得的作文类最高奖。

黄依依的作文被贴在学校的报栏里。

路

作者：黄依依

从我的家到学校，有两条路，一条经过前进桥，这条路要近一点；另一条经过圣贤桥，这一条要远一点。我经常走远的那条路。

我的姐姐总是说我傻："你这个傻瓜，不走近路走远路。"

是的，我喜欢走远的这条路。虽然这条路远，有时候在桥上甚至还会听到一些不好的议论，但是，我还是喜欢走这条路。

六岁那年，一个初夏的早上，我妈妈没有吃早饭就去上班了。我爸爸拿了两个刚煮熟的鸡蛋，让我给妈妈送去。

我走上圣贤桥，习惯地转过身子去看立在清河上的那排房子——我每次走上圣贤桥，都要转身去看那排房子。不知道为什么，房子上挂着的东西在风里飘来荡去的样子很吸引我。那天我转过身去，突然看到桥堍的墙缝里，一条垂挂下来的藤蔓上，长出了一朵红色的喇叭状的花，是我从来没有见过的。

这朵花吸引着我走下桥，向桥堍走去。站在河埠的台阶上，我伸手想去够那朵花，差一点就够着了。于是我挪动右脚向石阶外面伸出去，结果脚下一滑，身子失去重心，掉到了河里。

是"红毛"的二哥救了我，他当时上班路过这儿。

他几乎是从自行车上跳下来的，将自行车扔在一边，直接从圣贤桥上跳到河里。把我救起来后，他将像落汤鸡一样淌着水喘着气的我，交给了赶到河边的我的妈妈，什么也没有说，浑身湿漉漉的，骑着自行车就走了。我妈妈拼命在他身后喊："陈二毛，陈伟，谢谢你，你是依依的救命恩人——"他没有停下来，一只手握着自行车把，单放手，侧转身子朝我妈妈挥了挥手，继续向前骑去……

每次走这条路，走上圣贤桥，我总会想起这一幕。

陈二毛是我们镇上的跳水明星，他跳水的姿态非常优美，这优美的姿态是每个清河镇孩子梦寐以求的。他单手握着自行车把，转过身来挥手的样子就像是电影里的镜头。

每次走这条路，我总会习惯性地向着圣贤桥的桥堍看去，看看那里有没有长出和那天一样的新奇的花。想着我向下沉下去的时候，在水下看到的奇异的彩虹。

从那天开始，我妈妈再也没有不吃早饭就去上班了。

从那年夏天开始，我不顾家里反对，去河里学游泳。我想，学会了游泳，哪怕掉进河里，也不怕了。如果别人掉进河里，我还可以像陈二毛陈伟一样去救别人。现在，我已经可以横渡长山河了。

走在这条路上的时候，我就会想这些。想这些的时候，浑身总是洋溢着一股温暖的感觉。

现在，你知道我为什么上学的时候，总喜欢走远的那条路了吧？哪怕每个人都说我是傻瓜呢！

十四、运动会

这一年的冬天异常寒冷。从除夕开始，雪就下个不停。大年初一，白雪覆盖了清河的一切：清河的桥、清河的街、清河的树、清河的房屋……整个清河镇就像披上了圣洁的婚纱。孩子们堆雪人、打雪仗、捉麻雀、凿冰抓鱼……走亲戚也不像以前那么无聊了——看着大人在门口把手礼推来推去——不能收、不能收！拿去、拿去！要收的、要收的！要有来有去的！今年走亲戚，可以踩着雪捏雪团，相互打打闹闹，胆子大的，冷不丁朝着大人的背后打去，然后看着他（她）气呼呼地找"凶手"。

正当人们沉浸在雪带来的喜悦中时，有个消息传开了：黄依依的母亲吃安眠药自杀，幸亏家人发现及时，送到卫生院抢救过来了。

黄依依的母亲是镇上粮管所的出纳，相貌一般，但是皮肤很白，清河人有句话，"一白遮百丑"。再加上她走路的时候，总是把身子挺得直直的，这让她的胸脯看上去挺得很高，整个形象有了一种清河镇一般的女人没有的气质。黄依依的父亲是镇上派出所的，虽然是转业军人，但是个头一般，加上走路的时候总是含着胸缩着肩，和他妻子形成了很大的反差。黄依依母亲这次自杀，有人说是因为杨明父亲的事，她也有份，虽然杨明的父亲用惨烈的方式让自己永远封上了口，但是，那些账本上头还是要来查的；这种说法很快被另一种说法驳倒：账本，要查早就查了，还要等到现在？所以，她这么做，是另有隐情。

那隐情是什么呢？

这够圣贤桥上那些"桥头老三"说上一年半载的了。

寒假过后开学的第一天，当我们走下圣贤桥的时候，发现校办厂的围墙没有了。围墙的瓦砾依然堆在原地。瓦砾推进去二十多米，一排红瓦平房，是校办厂车间，静静地立在那里，没有一点开工的迹象。

"校办厂的围墙怎么倒了？"

"是被雪压倒的吧？"

"你们不知道啊？校办厂被转给个人了。"菊芬说。

"转给什么人啊？"

"好像是那个万元户袁四毛。"

"校办厂已经有一段时间发不出工资了……"宇萍说。

"你表哥说的啊？"

"嗯。"

"那你表哥杨波怎么办呢？"

"对啊，杨波还留在校办厂吗？"

"我表哥去丝厂了，丝厂的领导说我表哥自学日语，丝厂的白厂丝可能会出口到日本去，我表哥的日语啊，要派上用场了！"

"那你的民丰哥哥呢？"

"我不知道啊。"我说。

五月，是清河一年中最好的季节，天空是散淡的蓝，几朵白云悠闲地飘着。清河小学的操场上，热闹非凡。广播里不停地播报各竞赛组检录的时间、地点，比赛的进程和比赛的结果。播报间歇滚动播放着《运动员进行曲》。

长方形的操场，区隔成各个比赛的区块。中长跑径赛在环形跑道，50米和100米短跑在拉成斜线的径直赛道上，操场东南角是跳远的沙坑和助跑跑道，西北角是跳高比赛场地。还有投掷类的项目在操场的中间场地。

每年的运动会，是所有学生的节日。运动好的，大展身手，引来众人关注；运动不好的，不上课，整天在外面晃荡，东看看西瞧瞧，兴致来的时候叫几声"加油、加油"，起起哄，兴致不高时出着神漫游，不用动脑筋，也没有老师盯着。家里得宠的，大人还会给钱买零食。包成三角包的萝卜干两分钱一包，女孩子最喜欢，一条萝卜干可以含在嘴里很长时间，虽然就是咸味，但是好歹也是味。那些没钱买萝卜干的，看着含着萝卜干的，舌头味蕾上泛起口水来。

杨明每年运动会都会拿名次，尤其是短跑，基本上都是全校第一。五十米的纪录到现在还是杨明的。今年杨明又报了男子高年级组四百米跑。四百米其实是最难跑的径赛项目。干脆短跑，比的就是爆发力、冲刺能力；长跑，比的就是耐力。而四百米呢，如果光讲耐力，别人已经冲刺了；如果一开始就冲刺，谁能保持四百米始终都在冲刺状态呢？

杨明今年在田径队的训练，除了看家项目短跑和跳远外，已经有意识加强了在中距离跑项目的训练。他每天早晨都让自己的晨跑保持在二十圈以上的运动量，而在下午的训练中，他会让自己先以饱满的状态跑完两圈。

杨明身着蓝色白边的运动裤，两条白色的镶边飞快地交替着。他的头发很久没剪了，在飞快的速度下，向后扬起。杨明张大嘴巴，随时都要吼叫的样子。

"杨明加油，杨明加油，杨明加油……"整个操场全是"杨明、杨明"的名字。

杨明冲刺了。

杨明拿下了四百米的冠军。

五年级一班的同学们欢呼着向杨明迎去。太阳照在杨明的身上，他整个人都沐浴在阳光中，逆光而来的杨明，同学们看不清他的表情，只见他迈着轻快的步伐向五年级一班的同学们跑来。

"男子高年级组四百米冠军，五年级一班杨明！五年级一班杨明！"喇叭里传来播音员响亮的播报声，"杨明刷新了清河镇完全小学四百米跑的纪录,祝贺杨明!"

"杨明、杨明……"钱二毛欢快地叫着杨明的名字,拼命甩着两条胳膊向杨明奔去。

突然,人群中伸出一只脚,将钱二毛绊倒在地。欢快奔跑的钱二毛冷不防摔了个嘴啃泥。

一切发生得太突然了,大伙还没反应过来,只见杨明已经把张斌摁倒在地上了。杨明骑在张斌身上,紧紧握着的拳头,雨点般地落在张斌的身上,张斌发出杀猪般的嚎叫。

周边的同学都围了上来,人越围越多,却没有一个同学去伸手拉杨明。倪老师拨开人群,挤了进去。她涨红着脸,使出全身的力气去拉杨明,杨明仿佛力量神附体,根本拉不动,拳头也停不下来。

"杨明啊,你哥哥已经这样了,你要是再出事,你妈妈怎么活啊?!"倪老师喘着气,大声地说。

杨明举在空中的手放了下来,只见他泪流满面。杨明流满眼泪的脸看上去让人心痛。

"倪老师,你不要管我了。"杨明冲着倪老师一边流泪,一边说。随即,他从张斌的身上跨了下来,挤出人群,背起钱二毛,向操场旁的池塘跑去。一群同学跟在他们后面跑着……

"熬骚追!熬骚!……"倪老师冲着这群同学大声喊着……

十五、送别

这一次,钱二毛伤得不轻。他的胸口一直疼痛不已,当天就被送到了县医院。

"这下好了，拆烂污了！正式拆烂污！"张斌的妈妈一边揍着儿子，一边大声骂着，"什么人不好惹？偏偏去惹个驼子！驼子还看得好啊？！这份人家都要被你弄白了！"

"儿子把人家打伤了，她还要这么说！"隔壁人家听得张斌母亲的打骂，很反感，就四处去传播张斌母亲说的这些话。

"这家人家啊！"清河镇的人都在说张斌家缺德。

……

清河镇的舆论对张斌家越来越不利。

张斌的父亲只好拿了大包小包东西去钱二毛家，听说小包里有很值钱的东西。

钱二毛的父亲跟他说："这些来历不明的东西我们不要，我们只要二毛的病看好。"

二毛断了两根肋骨，因为身体条件不好，恢复的过程十分辛苦。他没有赶上小学升初中的考试。但是因为二毛在全县应用题竞赛中获得过第二名的好成绩，他被清河镇中学免试录取了。因为如果清河镇中学不录取他，县城中学要免试免学费录取他了！

暑假开始了，我要去母亲的县城待上一阵子。

这一天的早晨，天气异常闷热。和往常夏天的天高晴朗不同，整个清河镇竟然弥漫在来历不明的迷雾中。外婆在屋里屋外走进走出，脸上挂着不同寻常的焦虑。

"你去县城了，你妈妈一定会让你在县里读书，跟妈妈。是，应该跟着妈妈，你什么时候来看看外婆？你去了，不会来看外婆了。"

"外婆啊，我放完假就回来。"我跟在外婆后面说个不停，"可能假还没放完我就回来了，我就想和你待在一起啊。"

"你总归是要去的，到你妈妈那里去，到县里去，你还要到更远的地方去嘞。"

"外婆啊，要是你舍不得我啊，那你也去吧。你和我们住在一起。"

"外婆不去，外婆肯定要在这里的，哪有老人跟女儿住在一起的。我要老在这里的。"

"老人跟女儿住为什么不可以？"我说。

"你还小，以后就知道了，老人和女儿住，要被别人看不起的。"

傅敏、宇萍、菊芬几个都来了，说好的，她们要去车站送我。

背起书包，走出舅舅家。外婆拉着我的手，送到门外，久久地站着，看我们远去。

在迷雾中，我们走过朝南埭，走上染坊桥，穿过杨家弄，来到清河镇的镇前街。镇前街出奇的安静。只有李信子家隔壁的白铁店里，传出"叮叮咚咚"的敲打声，门口摆满了大大小小的白铁桶。白铁店的旁边是清河镇最长的一条弄堂。弄堂口摆着一个小摊，旁边一个弯着腰的老婆婆坐在一把竹椅子上，看不清她的面目。一个高个子的身影向小摊走来，手里拿着什么东西走到摊前，把东西递给老婆婆。

"你们看，这个人像不像陈美文？"宇萍眼尖。

"应该是吧，她奶奶摆了个摊，卖萝卜丝饼。"

"陈美文还在清河吗？"

我们站在那里，谁也没有回答，看着这个高个子的身影转过身，向着弄堂深处走去……

"今天雾气这么重，连河面都看不清楚。"

我们站在圣贤桥上，看着迷雾中的清河。

"是啊，校办厂的围墙都没有了。"

"如果围墙还在的话，不知道又会写什么标语？"

"我们的生活充满阳光！"

"哈哈、哈哈哈，菊芬，你唱一下吧！"

最后一天的毕业典礼上，我作为学生代表讲话，最后一句是：让我们为实现"四个现代化"而努力奋斗！傅敏作为学生干部代表讲话，题目是《奔向那光辉灿烂的2000年》。随后是文艺演出，菊芬是清河镇小学的歌星，她演唱了《我们的生活充满阳光》。

"幸福的花儿心中开放，爱情的歌儿随风飘荡，我们的心儿飞向远方……"我们边唱着歌边向东南方向走去。

长途汽车站在镇的东南角。

长途汽车是这年春节的时候开通的。清河镇以前不通汽车，交通就靠水路——先是航船，后是轮船。有了汽车以后，坐轮船的人就少了。虽然公路不平，坐汽车颠簸，颠得人屁股疼，但是毕竟快，从清河镇到县城，路上停三站，一个半小时也就到县城了。坐轮船去县城呢，路上也是停三个码头，但是要将近三个小时才到。现在人们已经很少说"八坦八坦"了，都说"熬骚熬骚"。坐颠簸的汽车就很正常了。

"这里开了一家馄饨店，小馄饨很好吃。我们在这里吃一碗小馄饨吧。"傅敏说。

馄饨店不大，一个开间，摆着六张桌子。里间是包馄饨的操作间兼厨房。有一口大锅，水在里面沸腾着。案板上放着排得整整齐齐的包好的小馄饨和几团和好的面团。一个系着蓝底白花印花布围兜的女人站在灶间门口。

"给我们下四碗小馄饨。"傅敏说。

我们四个在靠门口的桌子旁围坐下来。

"我有五角钱，我请客。"我说。

"今天不用你的钱，我们三个商量好了，用我们的钱。"傅敏说。

"是的是的，我们已经把钱给傅敏了。"宇萍说。

"是的，今天我们给你送别。"菊芬说。

"干脆你们跟我一起去县城玩吧，反正暑假不上学，晚上住在我家，我们可以打地铺。"我说。

"我们要去的，不过今天一点也没有准备。"傅敏说。

"这几个小朋友好来，像我们清河人，有来有去的……"老板娘笑眯眯地看着我们四个，嘴里赞叹着。

说话间，门口突然响起一阵杂沓的声音。

我们连忙跑到门外，只见一队人群挤挤挨挨地从馄饨店门口经过。迷雾中，似乎看到有两个人双手被反绑在身后。两个穿着制服的人在推搡着这两个双手被绑在身后的年轻人，嘴里厉声说着"严肃点、严肃点"。其中一个年轻人被推得失去了平衡，晃了一下，脸正好侧向我们。他似乎也看到我们几个，朝我们做了个鬼脸，微笑了一下。

我们几个紧紧地靠在一起，宇萍的肩头抖个不停，傅敏的呼吸也急促起来，菊芬攥着我的手。这鬼脸、这微笑让我们长久地呆在那里，它们从稚气尚未脱尽的眉眼间流露出来，穿过那迷雾，像寂静黎明中一声清脆的调皮捣蛋的童音。

"好像是杨军。"菊芬说。

我们看到他硕大的裤腿扫着清河镇郊外水泥路的路面，卷起层层灰土。人群杂杂沓沓地远去了。

"杨明啊，你哥哥已经这样了，你要是再出事，你妈妈怎么活啊?!"我们想起倪老师喘着气，大声说。

清河镇的人这次会不会说"还好，还好，还有杨明"？我在心里想着。

我们久久地站在馄饨店的门口，看着那些远去的模模糊糊的背影。

门口的桌上，四碗刚烧好的小馄饨热气腾腾……

第二部

那年夏天

也不知道是哪一只知了，开口叫了这年夏天的第一声。

一

这个夏天，被章建清搞得乱七八糟的。

许多年后，当清河镇的人回忆起那年夏天的时候，发现很多人的命运，是从那个时候起发生改变的。

在清河镇的"开头人"里，章贵山和他的妻子是最有感恩之心的。

当年，他们摇着船从苏北出来，穿梭在苏南到杭州这条水上运输线上，看到的沿途小镇：周庄、角直、西塘、清河、石门、新市、塘栖……都是白墙黑瓦的房子、青石板的街道、高起脚的门面，气象敦厚，人也和善。哪像苏北，遍地茅草屋，烂泥路，萧条肃杀，人也硬呛呛。等到在清河镇安家落了户，在他们眼里，清河就是这世界上最好的地方了。

可他们唯一的儿子章建清却不这么看。

他怎么也搞不明白，这个满街的人都称呼他为"开头人"的地方，怎么会被他父母认为是世界上最好的地方！这分明就是好歹不分，颠倒黑白！

在章建清看来，清河这个地方，是欠他们章家的。章家把一艘船都捐给了清河，一艘船啊，当年章家全部的家当啊！多大一笔财富啊！

章建清曾经将脑袋枕在双手上，望着天花板出神地想：要是当年父亲不把自家的船捐出来，整个清河镇的接收工作就不会这么顺利。要是清河的接收工作不顺利，那么，可能会让清河的解放延迟。这中间会浪费很长的时间，这段时间清河就会落后别的地方；如果这中间因为运力紧张，物资运不进来，有些人可能会饿死，饿死人那就是很多人都要丢掉乌纱帽的政治事件；如果这中间阶级敌人搞破坏活动，可能还会死一些人，很多现在清河镇神气活现的人可能早就不在这个世上了……反过来，清河镇给了章家什么?! 让父亲去煤球厂当个工人，这是清河的下等人才会去干的活! 母亲呢，连个正式职工都不是，是临时工! 那更是清河的人下人! 就这样的待遇，父母亲还把清河镇当成宝地，把"清河对我们有恩、清河人对我们有恩"挂在嘴上! 在父亲眼里，清河人个个是尊贵的客人，不好怠慢，怠慢就是罪过、没教养。在母亲眼里，清河人是世界上最能干的人：你看清河人养出来的蚕宝宝吐出来的丝结出来的茧子做出来的丝绵拉出来的被子缝出来的丝绵棉袄，是世界上顶顶柔软暖和的被子顶顶舒服的棉袄；清河的女人家织出来的毛衣，线脚平整花色好看大小合身，比外头买来的要好看几十倍；清河人讲出来的话做出来的事，有理有据有节……

父母亲不和章建清一条战线，这让章建清很生气——这就是愚昧! 这就是没有骨气! 他在心里恨恨地想。

因为父母亲不和他同一条战线，所以到后来，章建清就越来越觉得：清河就是对他——对他一个人不公平! 读书的时候，他认为，自己虽然学习成绩没有名列前茅，但是也没有拖班级的后腿，一个捐献了自家全部家当的人家的孩子，凭什么连个学生干部都没有当上，还被清河镇土生土长的人家的小孩叫成"开头人"，而学校的老师，对这种极其不尊重人的行为视而不见，不批评不阻止，简直就是纵容! 由于老师的不作为，这些同学肆无忌惮地直呼他"开头人、开头人"，有一回，他挺起胸膛进行了辩驳："我们家是捐了船的!" 本来他以为抛出这么个重磅炸弹，这些人一定会闭上他们的臭嘴。没想到他们非但没有闭上早上都没有刷过牙的臭嘴，还笑得更厉害了，不仅笑得肆无忌惮，嘴喷臭气，还在"开头人"前面加了两个字，连起来就是"江北开头人"，他们像大合唱似的喊着"江北开头人、江北开头人"……然后，不知道哪个家伙提议的，将大合唱简化成"江北人、江北人"……听起来，比"开头人"侮辱性还要强！

章建清后来当兵去了部队。穿上军装的那一刻，章建清感到扬眉吐气，憋了一口气要让自己提个干，胸前挂几块勋章回来给清河人看看。谁想到，当了四年兵，连个班长都没当上就退了伍。而那个农村出去的赵永红，对清河镇没有做过任何贡献的人家的儿子，却当上了班长！

退伍回到清河，镇里不顾他当过兵的光荣经历，安排他在人武部当个普通干事，整天端茶送水扫地搞后勤。虽然跟彭清华结婚这件事让自己一度成为清河镇的新闻人物，但是，自己跟彭清华结婚，彭清华并没有损失什么——论相貌，自己不比她差；论地位，他们家是高，彭清华的父亲是清河镇的镇长，但是这个镇长就没有章家的功劳吗？要是父亲当年不捐了船，彭镇长能这么顺利地接收清河？彭镇长不能顺利地接收清河，能当得上镇长？要这么说起来，彭家能有今天这样的地位，还要感谢章家呢！可是就这么个彭清华，结婚一个月的新鲜劲都没过去，就对自己冷冷淡淡，爱理不理，害得章家到现在都没个后代！十多年都过去了，我章建清还是人武部的普通干事，干着端茶送水扫地伺候人的生活，膝下无儿无女！不知道有多少人暗地里在看笑话呢！

有时候，章建清真想站在圣贤桥上，对着整个清河镇大喊：清河、清河人，你们欠章家……哦……不！你们欠我章建清的，太多了！

二

唉，要说人和人之间这认知差距啊，就是这么大！

清河镇的人，却不这么看。他们觉得捐只船算得了什么呢？况且你章家捐船也有自己的算盘。清河这个地方，以前有船的人家是不多，但这不是说他们有不起，而是没必要。清河是鱼米之乡，不靠跑船讨生活。如果非要有船，那清河镇大部分人家都有得起。非要捐，也不是不能捐。但是你说一个不需要船谋生的地方，你无缘无故地给自己家弄条船，人家还以为你们家有什么不正常的事情发生呢——拆烂污了？当家人犯糊涂啦？要离开这个地方去外面浪荡了？……再说当年，解放军接收清河的时候，你们的船，的确是为运输物资提供了交通工具，但是多你一艘船、少你一艘船也影响不了什么大局——多你不多，少你不少。倒是章贵山，表面看粗粗拉拉，却是个大智若愚的人。一艘船换来的好处还不够多吗？——章贵山，一个说得难听点来历不明的人，成了清河镇的正式职工。那时候，清河镇有几个国家正式职工？掰掰手指头都数得过来；章贵山的老婆，成了清河镇的临时工——虽然比不了正式工，但是好歹也能挣几个钱，那时候，清河镇大部分妇女都在家里做家庭妇女，生小孩、围着灶台、缝缝补补，做不完的家务，半毛钱也挣不到。关键还有，政府还把西栅头最大的房子给了章家！章家啊，在清河这个地方真的是一锄头翻下去就是个金元宝——交上好运了！

当然，章贵山和他妻子是很识相的。他们把对清河的赞美挂在嘴上，口口声声说清河人好，清河这个地方对他们有恩。这就是大智若愚啊！不过章贵山可不仅仅是嘴上说说的，而是真心的。当年清河镇批斗陈思同，只有他，一个"开头人"站了出来，把陈思同背回家。这一点，让清河人服帖。哪怕是装出来的，也做到了绝大部分人做不到的事！

至于章建清嘛，说起他来就有点五味杂陈喽。

这孩子打出生起就住在西栅头，先是船上，后来上岸，住上了政府分的房子。也不知道是因为住得太靠西面呢，还是因为章贵山管得严，总之跟其他孩子来往少，不合群。有些镇上的小孩嘴巴坏，喊他"开头人"，也有少数几个轻浮的大人，有时候也会这么叫："嗨，开头小人，买点什么？"每每这个时候，章建清这个小孩子就翘了个嘴，嘴唇一开一合地在细声骂人。有时候章建清走过圣贤桥，桥上聊天的人会望着他的背影说："喏，这个开头小人……"其实清河人叫"开头人"，也不是针对他们章家和章建清的，外头来的人，不是清河土生土长的，一般都被叫作"开头人"。不过有些人心里也是清楚的，他们望着这个小孩嘴巴上叫着"这个开头小人"的时候，这个小人心里多少是有点不服气的。

慢慢长大了，虽然还是不合群，但是从形象上来说，章建清也算是长开了，乍一看，还真是一表人才——个子中等偏上，继承了他父亲的浓眉大眼，但是并不粗犷，脸庞清秀，鼻子嘴巴长得都很周正。特别是当年穿上军装去当兵的时候，还是很有几个姑娘看着动心的。

上面这些都是闲言碎语，正儿八经成为圣贤桥上话题的，是章家和彭家的联姻，也就是章建清娶了彭清华。虽然清河人都知道彭镇长和章贵山关系好，两个人有时候还会一起去钓鱼——这是彭镇长作为干部水平高，团结人的表现。做做样子嘛，大家都理解的，都是基于各自有利的考虑嘛！但是毕竟两户人家差距大啊！彭镇长革命家庭，穿着军装来接收清河的时候，多神气啊！章贵山说不清成分，虽然镇上后来给他定的是贫农。当年跑船来清河——那是出苦力、讨生活；清河人厚道，不愿意费尽心机弄人到苏北去外调，给章贵山挖出一点不好的事情来。现在，一个是清河镇第一任镇长，一个是煤球厂的工人，彭镇长到底是出于什么考虑，会把自己的女儿嫁给章贵山的儿子？

逻辑上说不通的事情，一般到后来都会交给玄学。

清河镇的人只能认为章建清交了狗屎运啦！这样的事情，在历朝历代都是有的。很多大多数人平时看不上的，以为是二流子一样的人，也不知道他们有什么法道，或者就是老天爷常常打瞌睡，突然间就发迹了。这样的人一发迹，你就不能无视他的存在了，否则就会有"好果子"吃。所以，即便你不去巴结攀附，也得见了面鞠个躬行个礼，表示恭敬不敢怠慢。既然交上了狗屎运，那接下来顺理成章的事情就是飞黄腾达了。有些人似乎已经看到这样的一天马上就要到来了，所以就往红运当头的方向凑——拿今天的话来说，他们想当那只风口的猪。可是章建清在这一个阶段的表现，超越了清河人印象里的"章建清不合群"这点认知——他拒人于千里之外！大概就像我们今天说的显得很"高冷"。显然他这种高冷不是纯粹意义上的高冷，而是带有某种报复性质的，报复什么呢？这一点让清河人百思不得其解——难道你们章家、你章建清，在清河得到的好处还不够多吗？

如果章建清仅仅就是不合群和高冷，也就算了，大不了清河人不和他打交道罢了。可是章建清的"拒人于千里之外"做得太绝太驳人面子了！清河是个讲"有来有去"的地方，"去"了非但没有"来"，还要被冷淡，这算哪门子事！俗话说：打人不打脸！那些本来想当"风口的猪"的人，心里自然是有恨的——我向你示好你让我难堪！清河人最喜欢看这样的笑话——马屁拍在马脚上，讨个没趣。哪个人要是马屁拍在了马脚上，这样的事情一定会被圣贤桥上那些"桥头老三"说上一阵子，被很多人在心里笑上一阵子。心里有了恨意，被人看到了难堪，他们自然不肯哑巴吃黄连，再说本来就是擅长"拱"的人，所以就有了对章建清不利的言论。

再说了，章建清的表现，用清河话来说，说得好听点叫不会做人，说得难听点叫作"猪头三"。慢慢的，就有人私下里称章建清为"猪头三"。

当然，那些凑近去的人也不是没有一点收获，他们发现了一个秘密：章建清浓眉下面的大眼睛里面，原来是没有神采的——眼大无神！

时间在清河镇女人织毛线的针脚里飞快地过去。那些原来对章建清有恨意的，有一天发现，章建清娶了彭清华后，非但没有时来运转，还有日渐衰落的趋势——首先章、彭结婚多年，膝下无儿无女，在清河人的观念里，老天对一户人家最大的惩罚是断子绝孙，所以清河人骂人最恶毒的就是"断子绝孙"。只要一户人家有子有孙，再困难，大家都觉得"还好、还好"。不过他们又觉得老天这么对待章家好像有点过分，虽然章建清不那么招人待见。这至少说明章建清这个男人这个猪头三不行，搞得章家要绝后啊。其次，清河镇的人从来没有见过章建清和彭清华两人恩恩爱爱同时出现在众人面前，说明两人关系岌岌可危，这岌岌可危的原因说不定就是章建清不行。最后，章建清娶了清河镇"第一女儿"，事业上没有任何进展，一直都是在人武部当个普通小干事。这样的发现，让他们看章建清的眼神也轻蔑起来。

虽然章建清的眼里没有神采，但这并不意味着他是个感觉迟钝的人。章建清每天都在领受这种轻蔑的眼神。奇怪的是，这种眼神在章建清身上发生的作用不是形而下的——让他去恨那些给他这种眼神的人；而是形而上的——让他对于清河和对于时间有了一种焦虑累积而成的紧迫感！

三

立夏那天中午，章建清像往常一样，心事重重地走在清河街上。

"章建清这个人，一副满腹心事的样子。"桥上经常有人说，"好像世界上的大事体，都需要他来想……哈哈……"

"想世界上的大事体倒好了，想清河镇的大事体就不好了……"有个"桥头老三"意味深长地说。

走过肉店的时候，杨洪亮叫住了他。

"章建清，大中午的要往哪里去啊？"杨洪亮手里捧着个大号的白色搪瓷茶缸，身上系着黑色的羊皮围身，亮晶晶的全是猪油，不用凑近，一股油腻味就扑面而来。一看到杨洪亮身上闪着亮光的黑色羊皮围身，章建清就气不打一处来——虽然同样是屠夫的围身，但是杨洪亮不是杀猪的，而是卖肉的！杀猪的和卖肉的是有本质不同的。你看那些屠夫"杀猪刀"，捏了把尖刀捅进猪的头颈里，血飚出来，溅得浑身都是，想想都腻心。做这样残忍下贱的生活，顶多割点头颈肉当下酒菜。小人家看到这些血赤乌拉的"杀猪刀"，都要躲到大人屁股后头去。街上公家店里卖肉的呢，不用出什么力气，好处却是莫大的——买猪前腿、猪脚爪、猪肝、猪心、猪耳朵、猪肚肠……买猪身上的任何一个部位，都要开后门，你就去想这里面的好处吧！好处多地位自然就高！再看到杨洪亮手里捧的杯子上"为人民服务"五个红漆字，章建清鼻孔里开始出气：哼，为人民服务？到底是为什么人服务！

说起来，章建清和杨洪亮是同学，从初中到高中都是，但是两个人的关系，说穿了，像是陌生人。在学校，路上碰到最多点个头，在班级里，侧身经过也不会打个招呼。也没有什么仇，就是不属于一路人。

要说杨洪亮家和章建清家，共同点还真不少。两家一样是外来户，只是杨洪亮祖父辈上就来了清河，是从安徽逃荒来的，安徽和苏北，有什么分别！两家都住在西栅头，只是杨洪亮家在西栅头的东面，章建清家在西栅头的西面；杨洪亮的父亲和章建清的父亲都是煤球厂的工人，只是杨洪亮的父亲说话声音更响，脾气更急，做事更不由分说，说好听点叫做事情有魄力，说难听点就是横行霸道；杨洪亮的母亲和章建清的母亲都是镇上手工社的临时工，只是杨洪亮的母亲更会跟人打招呼，她走在街上，看到谁都会打招呼，哪怕是看到章建清，都会说："建清啊，你是我们洪亮的同学啊，到我们家来玩啊。"镇上的人都说：杨洪亮的父母啊，那就是绝配，一个高高大大，做事急急乎乎，像只"大种鸡"，横冲直撞，遍地寻食。一个看似瘦弱单薄，做事不急不躁，像个能守家又能下蛋的老母鸡，还能四处"咕咕咕咕"地修复她丈夫横冲直撞弄坏的"篱笆"。两家有这么多的共同点，怎么自己家被人称为"开头人"，杨洪亮家就没有人叫他们"开头人"呢？

章建清想来想去，觉得虽然两家迁到这个地方的时间早晚是一个方面，但问题的关键还是在父母身上——他们太愚蠢了、太软弱了、太没有骨气了！如果自己的父亲像杨洪亮的父亲那样做事说话不由分说，母亲像杨洪亮的母亲那样看到谁都会打招呼，情况就会完全不同！

高中毕业以后，杨洪亮被分配去清河镇附近的上莫乡里杀小羊，只去了半年多一点，就调到镇上供销社卖肉了。半年啊！别人家去乡里供销社，哪个不得待上一年两年的！杨洪亮半年多一点就调回了镇上！章建清呢？被父亲逼着去服了兵役，四年后回到清河镇，在人武部谋了个后勤职位，整天给人端茶送水扫地。

按说吧，人武部的工作，在清河镇人的眼里，那是一个只有开了很大的后门才能谋到的好工作，但是在章建清看来，卖肉才是真正的清河镇人上人的工作。不要看杨洪亮整天系着个油腻腻的围兜，那些想买猪腿、里脊肉、猪腰、猪心、猪肝的，都要给他好处，要不然，杨洪亮凭什么抽"大前门"香烟？

杨洪亮走上社会后，这么短时间、这么轻而易举就得到这份工作，哼！不知道他们家到底有什么法道。

"随便走走。"章建清不咸不淡地说。

"进来坐坐。"杨洪亮热情地说。

杨洪亮的热情，章建清虽然自己没有亲身感受过，但是他见识得不少。一旦杨洪亮瞄准了谁，他满面春风的样子、他掏心掏肺的劲头、他言之凿凿的口才根本让人无法抗拒。

"现在店里正好没有人，我一个人值班，进来坐坐。"杨洪亮又说。

话说到这个份上，章建清也不好推辞，走进肉店去。

"来，坐。"杨洪亮拉开案板旁边的宽条凳，掏出"大前门"香烟递给章建清，又摸出火柴给章建清点上火，"我叫了爆肉面，一起吃一点。"

虽然章建清对清河镇、清河人没有好感，但是他对清河镇的"爆肉面"和"茶糕"完全没有抵抗力。先说"爆肉面"，不软不硬的面条就着夹精夹油的肉片进入嘴里，香气溢满口腔，汁水饱满浓郁，吃完齿间留香，余味久久不去，如果再在爆炒肉片的时候加进一点韭黄，那就进一步丰富和提升了"浇头"的味道。再说"茶糕"，方方正正一块，用上等通变糯米粉精制，中间挖空，嵌入用纯酱油等调料腌制的多瘦少肥的肉馅、放在热气腾腾的蒸笼上蒸。蒸好后揭开蒸笼盖，新鲜出笼，咬一口，先是松软，糯而不粘，随后咸香适宜的肉馅和着丰富的汁水，让整个口腔的味蕾都兴奋起来，再喝进一口新鲜的豆浆……当兵的时候，有时候躺在床上，眼睛盯着天花板，心里想着"爆肉面"和"茶糕"，舌头味蕾上的口水像泉眼里的泉水一样冒出来。

杨洪亮加了一碗"爆肉面"，又要了两瓶啤酒。

"你，请我吃饭，有事吧？"章建清直愣愣地说。

"直接！痛快！"杨洪亮端起瓶子，"来，喝一口。"

两个人碰了一下瓶子。

"既然你这么痛快，那我也直接一点。我听说，镇上的镇办企业，现在都在搞承包，你在镇里，帮我打听打听。"

"镇办企业？都办不下去了，卖肉不好啊？"

"卖肉有什么好的？一辈子当个卖肉的？"

"卖一辈子肉有什么不好？人总归要吃肉的。"

"哎呀，不要说肉了，镇办企业办不下去，才要搞承包嘛。"

"集体都办不好，个人能办得好？"

"是的。反正集体搞不好，让个人试试看。你先帮我打听打听，现在广东那边，不少人都自己办厂，赚了很多钱。"

"我一个人武部打杂的，镇办企业的事情，我怎么会知道……"

"问问你岳父嘛。"

"他快要退休了。"

"不是还没有退休吗？……章建清啊，虽然说我们是同学，我也知道，我们以前关系一般，没有说过什么正经的话。不过，今天，我要说说你，你说你这个人，放着这么好的资源，也不知道用一下，人嘛，总是要往高处走的。"

"什么资源？利用资源，不就是走后门？"

"利用资源怎么就是走后门呢？是把资源用好。"

"嗯，你的资源蛮好，你倒是一直把资源用得很好……"章建清若有所思地说。

"你话里有话啊？"

"没有、没有……你刚才说什么？高处？什么是往高处走呢？"

"你这是明知故问了。站在高处，看得总远吧？见得总多吧？以前人是怎么说的？对了，叫升官发财，或者升官或者发财。"

"升官发财又怎么样？"章建清话一出口，就知道自己这句话有点抬杠了，但是他就是看不惯杨洪亮这种跃跃欲试的样子，仿佛只要他这样的人一出手，这世界上就没有搞不定的事。杨家父子都是这个样子！这个样子让他们得了多少好处！

"章建清，你这么说话就有点没劲了啊。"一直以来，章建清在他们这帮同学里面，就不合群，死样怪气的。可是谁能想到，就是这么个死样怪气的人，高中毕业当了兵，退伍回来进了人武部，还娶了镇长的女儿，一下子成了他们这批同学里面最让人羡慕的一个。不过这么多年过去了，膝下没个一儿半女，人还在人武部搞后勤，别说杨洪亮了，大半个镇的人都觉得这个人有点窝囊。窝囊归窝囊，窝囊的男人不少，杨洪亮没想到他还这么没劲。

"我……我其实不是那个意思。"章建清觉得自己吃杨洪亮的喝杨洪亮的，这么说话是有点过意不去。

"你说你，只要动点脑筋，怎么会像现在这样。"杨洪亮说着瞄了章建清一眼，看他脸上没有不悦的神色，就继续往下说，"一个男人嘛，总是要有点东西的。"

"现在这样？现在这样是怎么样？"听着杨洪亮这句话，章建清板起面孔，咕咚、咕咚喝完瓶里的啤酒，把碗里剩下的"爆肉面"一股脑儿吃了下去。

"我上班去了。"他头也不回走出肉店。

"你问一问啊，想一想啊——"杨洪亮靠在肉店门框上，冲着章建清的背影喊道。

四

也不知道是哪一只知了，开口叫了这年夏天的第一声。整个清河的知了就像听到了领唱的开腔，纷纷张嘴"知了——知了——"地唱起来，那份肆无忌惮，就像是挑衅：来了！来了！炎夏来了！你们就准备受着吧！

这天是礼拜天，是章建清抽调到工作组的第十天。

两周前，章建清得知清河镇要成立一个临时工作组，思考再三，从来不串门的章建清晚上破天荒来到人武部部长武红兵家里。

"武部长，我想进工作组。"

"你想进工作组？这个活可是不好干啊。"

"武部长，我在人武部搞后勤，不是个长久之计啊！"对于自己的工作，章建清始终是说不出个味道来，他只是觉得这种端茶送水扫地的日子他一天也熬不下去了。

"不是长久之计？这个工作，多少人打破头要挤进来。"武红兵说。

"武部长，我知道的，可是……一个男人，总是打打杂……"

"章建清啊，你是看不上自己现在的工作啊？"武红兵语重心长地说，"不要怪我说话直，你这些年在人武部的表现啊，要不是看在你老丈人的分上，可能连这个搞后勤的工作都不一定保得住。"

"武部长，我知道的，大家都说我靠丈人，其实呢，你知道的，这口气我憋到今天了。所以，一直没有发挥出来，工作做得不够好，你就给我一个翻身——哦……不对不对，不是翻身，是证明……证明自己的机会吧。"

从内心来说，武红兵并不愿意抽调章建清到工作组。可是，一来的确这次行动时间紧任务重；二来，找好几个人谈话，都不太有积极性进工作组。现在，章建清既然把话说到这个份上了，不妨就试试看吧……

"这样吧，这件事情，你跟你的丈人去说一下。他要是没意见呢，就好办。"武红兵沉吟了一会儿。

章建清本来当场就想表态，但是他留了个心眼，第二天才去武红兵办公室回话："我丈人没有意见。"

章建清从由几把硬木靠背椅子拼成的"床"上坐起来，头上的吊扇转了一个晚上，他感到自己的脑袋里像塞满了破棉絮，昏沉沉的，甩了甩头，用干手摸了一把脸。

打开门，炎夏的暑气撞了他一个满怀。

"这鸟天气！"他心里骂了一句，打了一个哈欠，走到隔壁的办公室门口，掏出钥匙插进锁眼，扭了几下，没开，换了一把钥匙，还是没开。连续换了四把钥匙，都没有打开门。

"妈的，反锁了？"他在心里骂道。

"开门、开门！"章建清用手掌用力地拍门。门里面没有一点声响。他用脚狠狠地踹了两脚门，然后弯下腰，将耳朵贴在门缝，里面死一般的沉寂。

章建清心里猛地一惊，慌不择路地跑下楼梯，在最后两级台阶上一个趔趄滚了下去。他来不及揉一揉摔疼的胳膊，三步并作两步，跑到楼后面，循着办公楼背面的草地来来回回找了几圈，什么也没看到。章建清双手叉着腰，抬起头朝楼上看去：楼上所有的窗子都关得死死的。

章建清让自己定下神来，大口喘着气，这时，他才听到自己的心脏"扑通扑通"狂跳的声音。

抓着头皮往回走，走到一半，又回转身来，他看到办公楼和食堂之间的柳树绿意盈盈的，在清晨的微风里轻快地起舞，草地上的露水散发着新一天的气息。

"妈的，肯定在里面。"章建清心头升起一股怒火，三步并作两步往办公楼走去。回到楼上，赫然看到三零九的门开着。他冲进门去，里面空空荡荡，鬼影子都没看到。

"狗娘养的，死到哪里去了。"章建清猛踹了一脚门，门"砰"地反弹回来，打在他的肩膀上。章建清感到一阵钻心的痛，这才想起刚才摔的那一跤。顾不上多想，退回到走廊，前前后后张望着。

外走廊上空空荡荡。章建清从栏杆上扑出身子去，向楼下望去，砂石路面上一样空空荡荡。柳条婀娜地轻扬着，像个没心没肺的小孩子在荡秋千。章建清掏出"利群"，擦了根火柴点烟，火刚凑近烟，灭了，第二根也是这样，连擦了三根火柴，才把烟点上。他靠在栏杆上，抽了一根烟，紧接着又用燃着的烟头接了第二根。

李美萍从走廊的一头走来。她刚刚去楼梯转角口的厕所简单地洗漱了一番。大半个晚上的折腾，让她感到浑身被抽了筋似的，脚步踩在地上，有千斤重。

"你死到哪里去了？"章建清看到李美萍，又是高兴又是恼怒，心里的石头终于落了地，肩膀又钻心地疼起来。

李美萍顾自走进三零九，连看都没看他一眼。章建清连忙把烟头扔到地上，用脚狠狠地碾了一下，跟着李美萍走进三零九。

"我饿了，什么时候可以吃早饭？"李美萍冷冷地问道。

"你饿了。你还知道饿？！理直气壮！"章建清狠狠地说，"还有心思吃饭！胆子真是不小啊！不把事情交代清楚，不要想吃饭！"

"我没有什么事情可交代的，你已经问了一夜了。"李美萍冷冷地。

"没什么事情？你以为我们是吃干饭的？"

"本来就没有什么事情！你吃干饭还是吃湿饭，你自己知道。"

"不掌握情况，会把你叫进来？"章建清踹了一脚椅子。

李美萍走到窗口，背靠墙站着。清晨的光线打在她的脸上，让她的脸看上去格外光洁细腻，一头乌黑的长发垂在肩上，亮晃晃的。

　　章建清看着李美萍，讪讪地想：这些乡下人，进了丝厂，就把自己当成街上人了，她们皮肤也变白了，衣服也穿得越来越紧身，裹在身上，把胸脯托得老高，不知羞耻！肆无忌惮！那些没见过世面的小年轻，怎么会不神魂颠倒……他越想越来气，冲着李美萍吼道："过来坐下！"

　　李美萍转过身来，慢慢吞吞走到椅子边，坐了下来。

　　"你不要抱着这种态度，不要抱有幻想，问题不交代清楚，别想着离开这里半步。"

　　李美萍把双臂交叉起来，放在胸口上，浑圆的胸部顿时鼓了起来。章建清更加气恼了，他咽了一口口水，让自己定了定神。

　　"陈伟有没有到过你们宿舍？"

　　"你昨天晚上问过一百遍了。"李美萍说。

　　"我现在问你，你回答。"

　　"来过。"

　　"来过几次？"

　　"我见过三次。"

　　"问你来过几次？"

　　"我见过三次。"

　　"我问你来过几次?！"章建清吼叫起来。

　　"我跟你说，我见过三次。"李美萍一字一顿地说。

　　"好、好、好，算你狠。"章建清又掏出一支"利群"来，点上，猛地吸了一口。

　　"他到你们宿舍来做什么？"

　　"没做什么，坐一坐，说说笑话。"

　　"他一个人来的？"

　　"一次一个人，另外两次三个人。"

"另外两个是什么人？叫什么名字？"

"不认识，也没问。"

"没有问？"章建清吸了一口烟，"随随便便，陌生男人就到你们宿舍去了？"

"厂里没有规定陌生男人不能到宿舍去。"李美萍说。

"你们都说了些什么？"

"说的东西多了，怎么记得灵清。"

"交代你记得的。"

"什么交代不交代的！"李美萍瞪了章建清一眼。

"说！"章建清厉声喊道。

"陈伟给我们讲他看过的电视。他妈妈单位有一台电视机，他看过很多电视。他说他最喜欢《加里森敢死队》，美国的，电视里面的敢死队员个个是神刀手。特别是那个队长，叫什么'高……搞？……高……什么夫'的……《大西洋底来的人》，美国的，科学幻想片。还有《排球女将》，日本的。他说张娟像小鹿纯子，嘴巴特别像，笑起来的时候，更像。他说我像阿雅子，要是把头发剪得短一点，就更像了。不过我个子不够长。要是个子再长一点，穿上紧身一点的裤子，把头发弄短一点，刘海稍微弯一下，就会是一个活脱脱的阿雅子……"

"什么这个子、那个子的，说重点的。"章建清把烟蒂扔到地上，用脚狠狠地碾了一下。

"你不是让我说记得的吗？"李美萍没好气地瞪章建清一眼。

"你记得的就是这些？乱七八糟的！"

"就是这些。"

"他有没有对你们动手动脚的？"

"没有。"

"没有？他说'刘海弯一下'的时候，有没有把手伸到你的头发上来比画？"章建清抬了抬手。

"没有，他伸到自己的额角头上比画了一下。"

"他来了那么多次，一次都没有碰你们？"

"没有，一次都没有，手指头都没有。"

"不老实！你要是再不老实说出来，今天就不要想离开这间办公室。"章建清急躁起来，他听得自己肚子里"咕噜咕噜"的叫声。

"不离开就不离开，你叫我走我也不走，有本事关我一百天。"李美萍毫不示弱。

李美萍家有两姐妹，她是妹妹。

在农村，一户人家家里要是没有个男孩，是要被人轻看一等的。李美萍家是个例外。李美萍的父母都是识字人，村里人遇到文书上的事情，都上他们家去。李美萍的爸爸妈妈帮人读信、代写信、写春联、写灶头上的字、看药瓶上的字、看肥料袋上的字，告诉他们怎么吃药，一日三次，一次两片；怎么用肥料，多少肥料配多少水……所以，他们这个没有男孩的家庭，在当地是很受人尊敬的。更别说她们还有一个在当地人看来智慧比肩我外婆，被当地人称作"半仙"的奶奶。

清河镇丝厂招工的时候，不管是镇上的"街上人"还是农村的"乡下人"，一般人家都只有一个人进丝厂。李美萍家不一样，姐姐李美琴早进丝厂，两年后，美萍也进了丝厂。一家两个姑娘都进丝厂，这在清河镇街上也是少有的，更何况农村了！但是村子里没有一个人不服气。姐妹两个都从挡车工干起，姐姐很快就升了小组长。李美萍字写得好，做事情条理分明，不久就被抽了去做仓库管理员。同村的张娟和她同一批进丝厂，不过张娟还是挡车工。

"你看看美琴和美萍，都管人了，你还是个挡车工……"隔几日，母亲就说一遍同样的话，张娟听得耳朵都起茧了，心里不痛快，又说不出来。

李美萍毫不示弱,章建清非但没有得到想要的,反而感到事情棘手起来。事情弄到这个地步,不弄出一点结果来,他怎么甘心!这次"严打",他可是拍了胸脯说搞出两三个没问题的。

李美萍这块茅坑边的石头,又臭又硬,她这里要是再拖下去,非但没有结果,恐怕还会搞得自己下不了台。

章建清感到进退两难。

五

"章建清,你怎么来了?取得重大进展了?"看到章建清垂头丧气的样子,武红兵心中就猜中了七七八八,"找到突破口啦?"

"这个女人,死硬死硬的。"章建清抓起武红兵桌上的香烟,抽出一根,横在鼻子底下,左右左右扯来扯去。

武红兵站起身来,掏出火柴,给章建清点上火,自己也点了一根烟。

"说了多少遍了,核心问题要拎清爽,外围情况要先摸清楚。没有搞清楚,不要乱动。"武红兵吐了一口烟,说道,"你本事大,专拣硬骨头啃。"

"武部长,你说……"章建清抬起头来,望着武红兵。

"哎……哎……"武红兵打断章建清,"该说的在那次会议上都已经说过了啊。拎清爽、摸清楚……是不是?再三强调的。"

"他们是去丝厂了,去了不止一次两次,照李美萍说起来,就是说说话聊聊天,没像传说的……"

"章建清,做事情动动脑筋。传说、传说!传说的事情随便能相信?"武红兵绕回办公桌后面,又想起了什么,问道,"你找的那个人呢?"

"关着呢。"

"关着?关在什么地方?"

"三零九。"

"三零九？"武红兵看了章建清一眼，眼前这个面色白净，眼大无神的"猪头"，要不是看在他岳父的面上，早就让他有多远滚多远了，他有点后悔让他进工作组了。

"我警告你啊，不要问题没有挖出来，倒搞出事情来。"

"搞出事情？噢，不会、不会……"章建清沉吟了一会，"不过，这个女人的确不大好弄，年纪不大，胆子贼大。"

武红兵掐灭烟头，站了起来，指着桌上一份油印的材料说："你看看，东田已经快完成任务了，我们清河呢，一半还没到。一半没到就算了，你还……"武红兵叹了口气。

"妈的，这个姓李的。"

"姓李的，姓李的，"武组长用指关节敲着桌子，打断章建清，"做事情动脑筋。不要给我搞出事情来！"

章建清怔怔地走出武红兵的办公室，"做事情动脑筋"，他一路都在想着这句话。

走过粮管所门前的水泥路，他听得有人在喊"章建清"。

朝声音的方向寻去，是陶永利。陶永利也是章建清的同学，洋头洋脑练吊环，肩膀宽宽的，胸大肌鼓鼓的。凭着他父亲是山东南下干部，前脚拿到高中毕业证书，后脚就进了粮管所。像这种野头野脑、洋盘、留长头发的人，也能够进国营单位！章建清愤愤地想。陶永利的父亲，大字不识几个，到南方的时候，只是一个营长，一个营长还好意思称南下干部？！你看陶永利动不动就弯着舌头说几句普通话的样子，好像他父亲是军委大干部一样。比起彭清华的父亲、自己的岳父来，他父亲算个毛啊！可是这个大字不识几个的营长的儿子、自己的同学陶永利却进了国营单位粮管所！还有那个杨洪亮，一个没有任何贡献的"开头"人家的儿子，拿到了清河镇最肥的差事——卖肉！凭什么！

"嗯。"章建清鼻子出气，算是应了陶永利的招呼。

"听说你进工作组了？"陶永利故意用普通话大声问道，"说"字还翘舌音。

陶永利高个子、宽肩膀、鼓起的胸肌、不时冒出来的普通话，一度迷倒很多清河镇的女孩子。"要是那个时候有这个运动，没准这家伙早就进去了。"章建清想，这运动来得太晚了。

"嗯。"章建清算是回了陶永利的问。但是他并没有停下脚步来。

"你搞这个工作挺合适哈……""哈"字音拖得很长。

他听得出陶永利在他身后喊这句话的意思。但是他懒得和这样的人去争辩。

朝南走，是圣贤桥。圣贤桥挡板墩子上坐着几个老人。这些人早上泡在茶馆里，下午聚在圣贤桥上，东家长西家短，上到天文下到地理，好像就没有他们不知道的。翻来覆去叨逼叨逼这些事情，满脸的褶子里全是红茶粉末和劣质烟草的味道。

"桥头老三！"章建清在心里骂了一句。

"东田这次抓得多，听说已经快十个了。"

"做什么，抓那么多人？"

"流氓。"

"流氓？要什么流氓？强奸啊？"

"不是，穿喇叭裤，留长头发。"

"这个，也是流氓？"

"是的，是这么说的，这个算流氓。"

"长头发！你太太爷爷还留过辫子呢！"

"那个，那个不一样，那个时候大家都留辫子。"

"喇叭裤，以前满族人还穿裙子呢。"

"现在英国一个地方的男人还穿格子裙呢！"

"他们穿着扫地的喇叭裤，留着长头发，几十个人，乌泱乌泱地立在公路上，单身走过的女人，特别是小姑娘，都吓得要死。"

"小伙子嘛，就是喜欢出风头的。"

"听说还有女流氓，穿超短裙，里面不穿短裤的。"

"怕热嘛，自己不愿意穿短裤，跟别人有什么关系？是不是有人撩她们裙子了？有没有啊？撩裙子的人才是流氓。"

"哎呀，跟你这个死老头子说不清楚。"一人向抬杠的老头子使眼色。大伙儿不再说话，看着章建清讪讪地走过去。

"他现在是工作组的。"

"这个人进了工作组啊……"

章建清听得背后压低了的声音。

下了圣贤桥，沿着镇街再走一段。是一个三岔路口，沿着第一个分叉路口往里走，是一条似乎越走越窄的小巷，以前叫胭脂巷，现在叫红卫巷。章建清的家在小巷的尽头，是一个带院子的独门独户。

这是一扇上了深棕色桐油的木门，没有上锁，章建清推门进去。

彭清华坐在一把竹椅子上，双腿叉开着，一圈白色的纱线绷在她的两个膝盖上，手里的线团已经有五公斤铅球那么大了。

听得开门的声音，彭清华没有抬头。章建清径自走进去。彭清华将双腿一并，麻利地收起线圈和线团，抬起双腿横在门口，挡住了章建清的去路。

"这是干什么？让我进去。"

"说吧。"彭清华把线圈和线团放在地上的盒子里，双手交叉在胸前。

"说什么？"

"这两天你在做什么？"

"做什么？工作。"

"工作？你的工作是什么？"

"我抽到工作组了，你晓得的。"

"工作组、工作组，"彭清华抬起头，睁大眼睛盯着章建清，"你在人武部工作，搞后勤的，不要弄不灵清。"

"搞后勤、搞后勤，一辈子给别人端茶送水扫地啊？"章建清一股无名火冲上脑门，嗓门响了起来。

"你喊什么？凶什么？"彭清华"噌"地站起来，面对着章建清厉声说道，"你去弄那个李美萍干什么？"

章建清愣了一下，连忙凑向彭清华，压低了声音问道："你怎么知道李美萍？"

"我怎么知道？清河镇哪个不知道？你以为别人都是瞎子、聋子、傻子？你这个猪头。"

彭清华冷冷地看着章建清，眼睛里冒出火来，"我跟你说，章建清，你马上去把李美萍放了，否则的话，你别想进这个家门。"

"放了？"章建清简直不敢相信自己的耳朵，眼珠瞪得老大，"你说放了就放了？这么随便？"

"随便？你也知道不能随便！你叫她进去随便不随便？随随便便就把一个姑娘家叫进去？关一夜不放出来？"彭清华竖起一双杏眼，"你要是还想在这个镇上做人，马上去把李美萍放了。"

"这件事，你说了不算，谁说了都不算！"章建清努力让自己保持一点威严。

"章建清，你这个猪头，我再跟你说一遍，快点去把李美萍放了。"彭清华不由分说。

"你说得倒轻巧，叫我怎么放啊？"章建清一脸懊恼。他的脑海里不停地回响着武组长的话：做事情动动脑筋，做事情动动脑筋。他感到自己的头都大了，嗓子眼干得快冒烟了。

"你让我进去。"他冲着彭清华说。

"进去干什么？"

"我进去喝口水。"

"你先去放了李美萍。"彭清华面无表情。

"你……你……你……"章建清涨红了脸。

"你什么你，快去呀。"彭清华又竖起一双杏眼。

章建清脑袋耷拉下来，转身向门外走去。没走出几步，感到这件事情浑头浑脑就不对劲。东田已经完成任务了，清河只抓出了四个。他自己拍了胸脯要搞出两三个来，本来以为只要把李美萍叫进来问她一个晚上，别说两三个，四五个都不是问题，结果搞到现在，头绪越来越乱。

这件事情，根本就不像彭清华想得那么简单，他想：一定要跟她说个清楚。

"这件事情，很重大，是现在的头等大事！李美萍跟你有什么关系？"章建清站在门外定定地想了一会儿，抱着横竖横的心态，转过身来直直地朝彭清华走去。

六

彭清华管李美萍的"闲事"，跟清河镇环卫所倒马桶的月娥有关。

虽然这两年以来，清河镇用马桶的人家越来越少了，但是环卫所还是没有停掉收集居民粪便这项工作。

一大清早，倒完片区里的马桶，月娥顾不上像往常一样仔细地擦洗，匆匆换了衣服就直奔彭清华家。

"清华啊，清华啊——"月娥身材小巧，步频飞快。她急急忙忙一路小跑，跑进红卫巷彭清华的家。

"月娥啊，月娥啊，你火炽火辣的，这是怎么啦？"彭清华顾不上手里剥的毛豆，把装豆子的篮子扔到一边，连忙迎了上去。

"清华啊，我活不成了……"月娥话刚出口，眼泪就"哗哗哗"地流了下来。

"哎呀、哎呀，这到底怎么啦？你什么时候这个样子过啊……"彭清华跑进房间，拿出毛巾递给月娥。从彭清华认识月娥那天起，她从来没有见过这个身材小巧的女人流过眼泪。一个含着金钥匙出生的人，女人，身形消瘦的女人，挑着粪桶，被人嘲笑，她从来都不当回事。今天这是怎么了？一定是天大的事。

"他们把民丰叫进去了。"月娥接过毛巾，边哭边说。

"谁啊？谁把民丰叫进去？叫到哪里去了？"

"工作组啊。"

"工作组？民丰这么好一个孩子……"

"是啊，这么好一个孩子……说他去丝厂……"

"去丝厂怎么啦？谁规定不能去丝厂了？"彭清华丈二和尚摸不着头脑，"民丰去丝厂做什么了？"

"他们说社会青年去丝厂，是流氓。"

"社会青年去丝厂是流氓？这……这是什么意思？"彭清华越听越糊涂，她定下神来，扶着月娥坐了下来，"月娥啊，你不要急，慢慢说。"

"我怎么不急啊，民丰要是有个三长两短，我就不活了。"月娥说着又哭起来，"三个孩子里，民丰最孝顺了，他从小就帮着我做事，看到我下班回家，总是说，妈妈你累不累啊，我给你捏肩膀……"

"民丰要是就是去丝厂玩玩，不会怎么样的。"

"丝厂有个叫张娟的，跟工作组说，民丰和几个男青年一起去丝厂，老是到一个女工宿舍，宿舍里有个叫李美萍的，他们好像在搞对象……"

"民丰和李美萍搞对象？"

"不知道是民丰和李美萍搞对象，还是其他人和李美萍搞对象……"

"不管谁和谁搞对象，那就是搞对象，搞对象怎么是流氓呢？"

"李美萍也被叫进去了。"

"叫进去可能就是问一问，没那么严重，没问题就是没问题。"

"你还不知道吧？她是被……被……章建清叫进去的。"

"这个猪头三，我就知道这个猪头三搞不出好事情来。"彭清华气不打一处来。转眼想想现在不是骂章建清的时候，"月娥啊，你先不要着急，如果李美萍真的是和民丰或者他们这批人里面的一个搞对象，只要他们不乱来，就不会有事情。李美萍总不会没有事乱讲吧？她不乱讲就没事，啊？"

"我也是这么想的呀，可是，李美萍被叫进去关起来了，关进去以后，谁知道会出什么事呢？"月娥说，"一个小姑娘家家的，怕的呀……"

"章建清这个猪头三，要是敢乱来，你看我怎么收拾他。"彭清华安慰月娥，"你放心，我等一下就去找他。"

月娥抬起头看着彭清华："清华啊，你知道我从来不求人……可是民丰……民丰还是个小孩子呀，他要是有个三长两短……"

"放心吧，我心里有数。"彭清华心疼地看着眼前这个第一次在她面前显示出软弱的女子，温柔地说。

七

你要问清河镇什么最快？消息传得最快。还没等月娥从彭清华那儿回到家呢，我舅舅就撂下手头的事情往家里赶。

"妈妈，妈妈，出事情了。"舅舅火炽火辣地从外面跑进门来，一副惊慌失措的样子。

"什么事情啊，失魂落魄的样子。"外婆是个处变不惊的人。当年，太外公突然去世，留下大门不出的太外婆和七个未成年的子女，十六岁的外婆，作为长女，毅然接过太外公的绸缎买卖，一年三百六十五天，天天起早落夜，养活一大家子。

"民丰被抓起来了。"

"民丰？"

"民丰、民中、民敏。麻子阿哥的大儿子。"

"春耕啊，月娥啊。"外婆迈着小脚跨过门槛。当年，外婆的脚缠到一半，她的父亲就去世了。二话不说，她取下裹脚布。"不好拿下来的、不好拿下来的！"太外婆扑到外婆的脚边。外婆转了个身，将裹脚布扔下就去了绸缎店。

"娘姨啊，你怎么来了？"麻子舅舅连忙迎了上来，"快点、快点，来、来、来，正好吃饭。"

月娥也放下架在骨牌凳上的脚，站起来迎向外婆。

"民敏，拿副碗筷来，给阿婆。"月娥有一个沙沙的嗓音，朝向里间喊道。

"哎呀，你们两个真坦啊，都什么时候了，还有心思吃饭啊？"外婆在骨牌凳上坐下来。

"娘姨啊，你听说民丰的事情啦？为这个来的吧？"月娥也坐了下来，拿起桌上的"劳动"牌香烟，抽出一根来递给外婆。

外婆接过香烟，就着麻子舅舅递过来的火，点上了。月娥也抽出一根烟来，点着火。

"是啊，老五讲的，他们把民丰抓了？"

"嗯，民丰不是被抓了，是被他们叫进去了。"麻子舅舅说。

"叫进去是啥意思啦？"

"叫进去问问看。"

"问啥啦？民丰蛮好的一个小伙子，做了什么事体啦？"外婆问。

"民丰一直在校办厂上班，老老实实一个人。"麻子舅舅说。

"总归有点什么起因咯，平白无故就叫他进去啊？"外婆说，"民丰轧什么道啦？"

"几个小朋友，小青年嘛，总归有几个小朋友的，听听歌，练练拳头，他们练拳头不打架的。"

"现在小青年都穿大脚管裤子，民丰穿不穿啊？"

"裤脚管嘛，比原来的裤子要大一点，不是很大，直筒裤那种。"麻子舅舅说，"不扫地的。"

外婆抽了一口烟，看了月娥一眼，月娥举起筷子，喝一口酒，夹了一筷子菜。

"月娥啊，你三个小孩子都管得好好的，今天民丰被叫进去了，我不敢相信的。"外婆看着月娥说。

"娘姨啊，民丰本本分分的，小伙子嘛，轧个道，赶个时髦，穿个直筒裤，我不管的。"月娥又喝了一口酒。

"春耕啊，你倒是去托托人问问看，民丰叫进去，到底是什么事体呢？"

"娘姨啊，你不要着急，我上午去打听过了，丝厂里的事情……"月娥说。

"丝厂？丝厂跟民丰有什么关系？"

"听说现在，有一个工作组，分成几个小组，有一个小组专门搞丝厂的，说有一帮社会青年老是去丝厂，丝厂女工多，老是去那里，肯定有事情。"

"民丰也去了？"

"丝厂里有个女工叫张娟，给工作组写信说，民丰他们去过一个女工宿舍好几次，和一个叫李美萍的很好。"

"民丰和李美萍好？找对象啊？"

"不晓得李美萍有没有找对象，跟哪个人找对象，没有明确说。"

"不一定是民丰喽？"

"民丰说起过李美萍，听他说起来，这个姑娘好像很不错的。"月娥说，"要是民丰和李美萍找对象，天经地义，什么流氓啊？"

"他们两个要是找对象，这就没什么了。"外婆拿起了筷子。

"娘姨啊，你放心吧，民丰不会有事的，要是明天他们还不放他回来，我去死给他们看。"月娥把左脚抬起来，盘坐在凳子上面，她的脸色看上去异常平静。

外婆端起饭碗，抬头看了一眼还站在一旁的麻子舅舅："春耕啊，你再去拿两个杯子来。"

八

月娥的丈夫是春耕。我们叫他麻子舅舅。

麻子舅舅是外婆表弟的儿子，小时候出天花，感染后，脸上留下了这些坑坑洼洼的疤痕。其实，麻子舅舅有着十分标致的五官：大眼睛、笔挺的鼻梁、不大不小的嘴、饱满的脸颊、不宽不窄的长方脸。但是标致的脸上那些疤痕，让他始终抬不起头来。他总是低着头走路，不想让人看到俊俏的脸上的缺陷。也许，干脆没有一张俊俏的脸，麻子舅舅可能也抬起头来走路了。

清河镇上一个勇敢、传奇的姑娘嫁给了他。

这个姑娘就是月娥，大名陈月娥。

陈月娥是独生女，父亲陈思同在镇上开了两个绸缎店，一个中药店，是这个镇上数一数二的富裕户。月娥的幼年，是泡在蜜罐里的，吃的是清河镇上的人过年才能吃到的好东西，穿的都是绸缎衣服，牙牙学语的时候，上他们家说媒的人把门槛都踩扁了——当铺的、铁店的、染坊的、油坊的、酱油厂的、裁缝店的，还有外地大地方的大老板托了人来的……清河镇上的人说，谁娶了陈家的女儿，就是娶了他们家的万贯家产啊。

陈月娥七岁那年，清河镇解放了。月娥家的绸缎店和中药店先是公私合营，绸缎店变成了清河镇布店，中药店挂上了"清河镇药店"的牌子。陈思同在政府的安排下当了一段时间清河镇药店的经理。没过几年，先是批斗，后来发配到环卫所改造，成了掏粪工。月娥后来也进了环卫所，当了一名环卫工人，负责镇中心居民片区生活粪便的收集。清河镇上有些人说："叫陈月娥倒镇中心居民片区的马桶，不太厚道。"

月娥每天凌晨三四点钟起床，挑了粪桶，挨家挨户把门口马桶里的粪便倒进粪桶，再把粪桶挑回环卫所里，将粪桶里的粪便倒进粪池。

月娥只有一米五出点头的个子，每天要挑几十桶粪便，她娇小的身子日日出现在黎明前的清河镇上，三百六十五天风雨无阻。

这是一个夏天的清晨，月娥已经收集完片区大部分人家的粪便了，只剩下最后一家。她拎起这户人家的马桶，把粪便倒入粪桶，从另一个桶里舀了一勺水，用一把长长的竹刷子将马桶刷了几圈，倒掉马桶里的水，将马桶放回原来的位置。月白的短袖衬衫已经被汗水浸透了，吸在身上，把她娇小的身材衬得凹凸有致。

月娥点着一根烟，靠在墙上，吸了一口，伸起手正要撩黏在额头的头发，突然背后一双手将她紧紧抱住。月娥吃了一惊，但是她没有叫喊没有挣扎，猛地将手中燃着的香烟死死地摁在满是汗毛的手臂上，烫得那人"啊——"地惨叫一声，慌忙松开手臂，随手又推了一把这个小巧的女人，夺路而逃。月娥丢掉手中的烟头，抄起扁担向那人追去。

清河镇凌晨的青光里，石板路面闪着幽光，一个高大的男人在前面跑，一个娇小的女人拿着扁担在后面追。急促的脚步声敲打在清幽的石板上，格外响亮。

黎明的光线一旦突破最后一点晦暗，便如瀑布一样倾向人间。

逃跑的男人跑上圣贤桥，似乎没有犹豫，一个飞身从桥上跳了下去……

"月娥的工作是不太体面，但现在不是也有这么说的吗——工作不分高低贵贱，北京有个掏粪工人，毛主席还接见了，是不是啊？这么说起来，月娥的工作不是不体面，还是光荣的哦……"外婆跟麻子舅舅说，

"哎呀，我刚才讲的这些，都是虚的，跟你讲点实在的——月娥这个人啊，真是叫人又敬佩来又心疼——她是富人家出身，小时候很体面的，过的是蜜一样的生活，现在吃得了这样的苦，有几个人能做得到？"

"她娘姨啊，我和月娥的妈妈日子已经不多了，我们只有这么一个女儿，身上还背着这么个名声，做的又是这样的活计，我们真的不放心她啊。"章贵山把月娥的父亲陈思同背回家那天，陈思同托章贵山把我外婆叫到家里。

"思同啊，你不要多想，要朝前看。"

外婆和月娥的父亲是远房亲，外公当年和陈思同一起做茧子和丝绸的生意，坐着航船跑杭州、跑上海，跑过三山六码头，虽是远房连襟，胜过亲兄弟。亏得外公得了痨病，去世早，家道中落早，留下来的人没有像月娥家一样遭罪。

"她娘姨，我看不了前面了，我和她娘都看不了前面了，也不想看了……月娥还有前面啊……你晓得的，我放心不下她……"

"思同，我会把月娥当亲生女儿的……"

得了我外婆的承诺，当天晚上，月娥的父母就服下开中药店时留下的砒霜自杀了。

麻子舅舅不说话，他历来话不多。他一说话，脸就会红，脸一红，就更引人注目了。麻子舅舅算盘打得很好，珠算比赛全县第二名，考进农村信用合作社当了一名会计。在农村信用社里，麻子舅舅也不太说话。

"以前，给她说媒的人把他们家的门槛都踏平了。你的工作是体面一点，但是两个人在一起，天长日久的，还是要讲过日脚，对吧？"外婆心中对月娥父亲的承诺千斤重。

"嗯。"

"过日脚，顶顶要紧是什么？"

"是什么？"

"是性格。性格好，合得来顶顶要紧。"

"娘姨啊，什么样的性格算是好的？"

"硬扎呀。"

"她要是……要是……看不上我呢？"麻子舅舅的脸红得像喝了一斤烧酒。

"她看中你了。"外婆做事，向来滴水不漏，明里暗里早就探过月娥的口风了。

"她看中我什么？"麻子舅舅听外婆这么说，憋得整个脸通红，疤痕更加明显了。

外婆被这蒙头一句打了个冷不防，不过她临危不乱，把双脚盘起来，盘坐在骨牌凳上，看上去劲道十足。

"她看中你的斯文。一个硬扎一个斯文，你说好不好？"

麻子舅舅和月娥结婚了。

清河镇的人对于他们两人的结合，虽然也有几个人大惊小怪的，但是大部分人觉得把他们两个放在一起，实在是太合适不过了。

"一个嘛，面孔上麻的；一个嘛，挑粪的，成分又不好，父母亲还……"

"只有阿七婆婆，才想得到……"镇上的大人们都叫外婆阿七婆婆。因为外公家里排行老七。

麻子舅舅和月娥两个一结合，就像好农夫遇到了肥沃的土地，不出五年，就收获了民丰、民中、民敏两儿一女，三个孩子继承了父亲标志的五官和母亲光滑的皮肤，成了镇上出挑的俊男靓女。

因为这桩姻缘，麻子舅舅越加对外婆佩服得五体投地。在他心中，这个娘姨就是女诸葛亮，神机妙算。陈月娥呢，父母去世后，只将我外婆当成这个世界上唯一的亲人，因为这个亲人，她在这个世界上感觉到了暖意；因为这个亲人，得到了丈夫和三个孩子，亲人的队伍一下子扩大到五个人。她想父母亲一定是舍不得她，在那边拼了命保佑自己。她将父母亲的照片装在黑色的镜框里，挂在朝南的墙上，每天早上，在朝南墙镜框下褪了色的案几上点上三支香，朝着父母的相片拜三拜。每天晚上上床睡觉前，也朝着父母的相片拜三拜。

这迅速扩大的骨肉至亲队伍，让陈月娥在心里真正抬起了头。

九

彭清华向月娥跨出友谊的一步，是源于她父亲的讲述。

章建清的父亲和章建清的母亲商量以后，决定留在清河镇那天晚上，月亮出奇的亮，整个清河的水，不管是运河还是清河、不管是河港还是塘还是漾还是沟渠，都沐浴在银色的月光中。而几百公里外的浙南山区，在同一个月亮的照耀下，一支新四军的队伍正在庆祝他们在萧明地区战斗中取得的胜利。彭支队长还没来得及赶往家中看望新婚半年的妻子，就将被组织上调往浙北，组建新的第六纵队。

半年后，彭支队长带领他的第六纵队从浙北地区一路长驱直入，接收了清河镇。章建清的父亲把自家的船交给了彭支队长。几年后，彭支队长的妻子带着他未曾谋面的女儿也来到了清河镇。

彭支队长成为新中国成立后清河镇第一任人民政府的镇长。章建清的父亲，因为对新政权的接管做出了重要的贡献，被清河镇新成立的煤球厂招收为正式职工，章建清的母亲也被安排到街道的缝纫社做了一名临时工，清河镇人民政府还在西栅头给他们安排了住房。

彭清华的父亲和章建清的父亲，虽然一个为官，一个为民，碰在一起却似乎有说不完的话。如果说当年章贵山把自己家的船捐给来接收的临时军管委还有一点利害关系的考虑的话，那么后来发生的一件事让彭镇长对他有了更深的认识。

"三反""五反"期间，陈月娥的父亲陈思同作为清河镇曾经最大的资本家，连续被批斗，斗他最凶的是原来绸缎店的一个伙计，当年因为小偷小摸被开除了。这次运动中，这个曾经的伙计赤膊上阵，几次对曾经给他饭碗的老板动手动脚。最后那一次，在茶馆店的门口，陈月娥的父亲被反绑双手站在条凳上批斗了三个小时，最后因体力不支从条凳上摔了下来。只听得"砰"的一声闷响，陈思同直愣愣地倒在地上，额头鲜血直流。刚才还情绪激昂的会场顿时死一样的沉寂。这时，煤球厂的工人章贵山站了出来，他推开人群，蹲下身子，解开绑着陈月娥父亲双手的绳子，抓起他的两个胳膊，把他背在自己的肩上……

"清河这个地方，对我们章家是有恩的。"每次，章建清的父亲都是这样的开场白。

"你对清河镇也有贡献啊！"彭清华的父亲总会这么接上一句。

两个人难得都休息的时候，就会相约去野林滩钓鱼。章贵山生出来就在河上讨生活，每次钓鱼都是满载而归。彭支队长出生在山里，竹子、松鼠、野山菌甚至各种草药他都熟悉，和鱼啊、虾啊这些水里的生物天然陌生，能钓到一条鱼就高兴得像个孩子。

"我这点事情，不值得一提。每天晚上睡觉的时候，我总是在想，是不是我们祖上跟这个地方有什么渊源，冥冥之中指点我来这里，这里成了我真正的家。"章建清的父亲每次说起来，都是非常的真诚，"我们有了身份、有了自己的房子，还有了儿子。就像一棵树种在这里，生根发芽……"

"老章啊，要说你对这清河啊，是有真感情啊！那次你冒着很大的风险，把陈思同背回家去……"

"陈老板对我们家有大恩。那一年，雪多大啊，真正的鹅毛大雪。我跑遍了清河镇的诊所和药店，心里已经快要绝望了。只有他，在大清早打开门，冒着风雪把我领到接生阿婆家里……没有他，别说我儿子章建清了，可能我老婆都不在了……"

"原来还有这么一段啊？"

"彭支队长啊，每次看到陈老板被批斗，我的心里就难过得要死，好像站在那里挨批的不是他，而是我……"一说到这里，章贵山的眼眶就红了，"这么好一个人，往死里整……现在这些人，唉——就连这些小孩子，知道个屁！章建清小鬼头一个，夜里还在吊奶头，隔日还尿床，有一天竟然跟在几个小孩子屁股后面向陈老板的女儿扔砖头……那天我把他狠狠地揍了一顿，心想揍死他算了……"

从章建清朝陈月娥扔砖头那天开始，章贵山对自己的儿子有了隐隐的不安，随着章建清慢慢长大起来，他父亲的担忧日益深起来。

"彭支队长啊，我这个儿子，要有人来管……我看啊，清华行啊，只有清华……清华要是能管就好了！"章建清的父亲扬了扬粗黑的眉毛，他总是称呼彭清华的父亲"彭支队长"，似乎这个称呼最能表达他对他的尊敬，"我当年把船交给你，现在，这个儿子也一定要交给你。"

"老章啊，现在什么时代了，还搞父母之命啊。"

"倒也不是父母之命，我看清华是个正直的姑娘，如果建清能够跟她在一起，就不会走弯路。"

彭清华虽然是清河镇解放后第一任镇长的女儿，但是一点都不娇气。慢慢长大后，他父亲的基因在她的身上越发明显地显现出来——人高马大。在学校，她是体育委员，从小学一年级到高中毕业都是。长山河开挖那一年，彭清华代表工商所上到开河一线，挑泥比得上男人，是清河镇赫赫有名的"铁姑娘"。

"章建清长得清清秀秀的，他看得上我们清华吗？"彭队长老家四明山区，长得人高马大，却是个心细如发的人。虽然是山区人，但是祖上几代经营木材，经商人家出身，见多识广。彭支队长学生时代受革命感召，加入了中国共产党。

"长得清秀？彭支队长啊，光有一个外表有什么用啊！"章建清的父亲黑乎乎的指间夹着纸烟，袅袅的烟雾把他罩在一片朦胧里，"我看过了，清华管得了他。不过啊，这是高攀，清华看不上……"

"高攀不能说。他们两个啊，就像换错了性别一样，哈哈哈，还是问问孩子们吧，让他们自己做主。"

话虽这么说，彭清华的父亲还是郑重其事地向彭清华转达了章贵山的意思。

"爸爸，你说呢？我没想过这事。"虽然彭清华做事飒爽英姿的，但是在个人问题上，没有什么主见。和章建清一样，她也没有遇到过让她怦然心动的异性，完全不知道感情婚姻这些事。

"清华啊，从年龄来说，你该考虑你的婚姻大事了。选谁呢，这是你自己的事，还是要自己拿主意。章建清我不了解，他父亲我清楚，是个有情有义的人……"彭清华的父亲把章贵山 1948 年捐献自家船的事、陈思同被批斗摔倒在地后章贵山将他背回家的事一五一十地跟彭清华说了，彭清华托着腮帮子想象着像父亲一样、像章贵山一样的章建清。想象着额头鲜血直流的陈思同和陈思同留在人世间的女儿……

十

"爸爸，你说的陈老板，就是我们镇上那个挑粪的小个子女人的父亲吗？"

"是的，这个陈月娥啊，不简单。"

"不简单？为什么呢？"

"你想想，如果让你去环卫所工作，倒马桶挑粪的话，你会怎么样呢？"

彭清华沉思了起来。虽然她并不了解父亲的家庭和陈思同的家庭，但是她知道他们的祖辈都是做生意讨生活的，现在，她和陈月娥的境遇竟然那么不同。

和月娥的娇小玲珑比起来，彭清华显得高大丰满。月娥家庭成分不好，是个挑粪的环卫工人，每天要挑几十担粪便，她抽烟喝酒，养育了三个儿女。彭清华是清河镇人民政府第一任镇长的女儿，是环卫所附近工商所的国家工作人员，有一个大嗓门和一副大胸脯，是清河镇有名的"铁姑娘"。只是可惜了她的这对大胸脯，彭清华和章建清结婚这么多年，没有一儿半女。无亲无故的，天差地别的，这两个女人不知道从什么时候开始，好得像亲姐妹一样，彭清华还认了民敏做干女儿。

"月娥啊，镇上的人都在说，你攀上彭清华这个高枝，是想……"春耕说。

"春耕啊，不要听镇上那些人胡说，我去攀别的枝干什么，什么金枝银枝都不如你这个枝啊。"月娥笑着说，"清华啊，也不是你想的那样。"

"差距这么大，人家难免要想……"

"人家怎么想，管得了那么多？一万个人一万个想法，越想管人家怎么想，自己就越不像自己。"

"你说起话来，有点像我娘姨。"春耕说。

"这些话啊，就是娘姨跟我说的。"月娥说，"娘姨总是跟我说，月娥啊，要有自己的准星。我要是总管人家怎么想，可能早就跟着我的爸爸妈妈一起走了。"

"月娥，是我不好，我不应该说这些话的。"

"我们自己家里，夫妻之间什么话不能说啊！"月娥爱怜地看着春耕，她拉着丈夫的手，"春耕啊，心思不要这么重，我们只管自己管得了的事，其他不要去管它。"

"我晓得，月娥，我晓得。"

"春耕啊，你说我跟清华差距这么大，按平常人的眼光来看啊，这差距是大，但是你这么想——不是我在背后说清华的不好——她跟章建清结婚这么多年，连个孩子都没有，我们呢，有儿有女，你还对我这么好，你说这个差距大不大啊……"

"是啊是啊。"

"所以，娘姨说得对，不要和别人去比，如果一定要比，那就看怎么比。"

"你一天到晚和那个挑粪的在一起干什么？"章建清说。

"挑粪的？她没有名字吗？"彭清华竖起一双杏眼，"她叫陈月娥，你们这些男人，有几个比得过她？"

"你跟她浑身浑脑不搭界，人家看了奇奇怪怪的……"

"搭界？怎么搭？搭什么界？你怎么搭界的？怎么就奇奇怪怪了？"彭清华的话像连珠炮一样发射出来。

"不奇怪吗？你们有什么关系？同事？亲戚？还是……"章建清很想赶上彭清华的气场。

"非要有什么关系才能在一起？我就是喜欢跟她在一起。"

"莫名其妙。"章建清每次和彭清华难于对话的时候，都觉得对方莫名其妙、不可思议。

"要不是她爸爸，这世界上有没有你都不知道。"彭清华想着父亲跟她转述的章贵山的话，看着眼前这个男人，心头闪过一丝厌恶。

章建清可不这么看，他觉得自己来到这个世界是顺理成章的事情，没有月娥的父亲、没有接生婆，他母亲也会拼了命把他生下来的。

"月娥啊，你一天挑那么多担，吃不吃力啊？"彭清华怜惜地看着月娥，"我姑娘的时候，去长山河工地上挑泥，挑一天人就散了架，你天天挑……"

"一开始挑的时候，不会挑，桶晃来晃去，走路东倒西歪，那是真吃力，每天肩膀肿得像个馒头，抬手就痛，梳头痛、洗脸痛、擦身子痛，痛得眼泪都流下来……慢慢掌握要领了，就不怎么吃力了。挑担也有讲究的，两个粪桶一定要装得一样满，走路的步子和两个手臂甩动的节奏要配合好。"月娥说。

"那臭不臭啊？"

"臭啊，肯定臭啊！怎么会不臭呢？一开始去倒马桶的时候，我一天要吐好几次，苦胆水都吐出来。后来，我摸索出了一套办法，拎起马桶前，先吸一口气，倒进粪桶的时候，眼睛闭牢，气屏牢……"月娥给清华示范着，两个人笑了起来。

"就算倒的时候气屏牢，挑的时候，味道总归还是有的呀。"

"肯定有的呀，这就是我抽烟的原因。倒完粪，我停下来抽一支烟，这一路上，烟味道还没有散去，粪臭味自己就不大觉得出来了。"

"你们家春耕不怨你吗？"

"你是说粪的味道还是我抽烟？我知道大半个镇的人都在说，哎呀，这个女人，倒马桶还吃香烟，这个春耕怎么受得了……"

"哈哈，你心里都明镜似的啊！粪臭、抽烟……"

"春耕不怨我，我下班之前，衣服全部换掉，洗得干干净净回去。春耕呢，疼惜我上班吃力，回到家里，他不让我做事体，买菜、做饭做菜、洗碗汰衣裳这些家务事啊，多数是他做的。香烟也是他给我买好的。"

"哎，说你苦吧，也真苦。不过呢，你的命还是好的，有春耕，有民丰、民敏、民中。"

"嗯，我很满足。"

"真羡慕你啊。"

"清华啊，我跟你说件事情，你不要笑话我啊。"

"让我笑笑也好，哈哈哈——"彭清华爽朗地笑着。

"镇里开大会表彰开河积极分子那次，他们说你是铁姑娘，我就想啊，彭清华是铁姑娘的话，我陈月娥就是金刚钻姑娘，哈哈哈……"

"哈——你想得对啊，在我心里，你陈月娥就是金刚钻女人啊。"

彭清华记得，父亲讲完章贵山、陈思同的故事后，她一个晚上都没有睡，闭上眼睛就是陈思同倒在地上流血的情景。凌晨，她站在家门口，看着月娥挑着一副担子从薄雾中隐约出现时的情景，厚厚的棉袄外面，裹着一件长得快拖地的雨衣，两个粪桶在她的小腿肚边一上一下地颠着。

"陈月娥。"彭清华轻轻地叫了一声。

月娥并没有理她，顾自拿起他们家门口的马桶，打开盖子，将马桶拎起来，另一个手托着马桶的底部，将粪便倒进粪桶里面。

彭清华安静地站在一边看着她。

放下清洗完的马桶，陈月娥站直了身子，看着眼前这个高大的女人，不慌不忙地从雨衣口袋里掏出一包"劳动"牌香烟，抽出一支，叼在嘴上，又从另一个口袋掏出一盒火柴，点燃了香烟，长长地吸了一口，吐出烟气看着她。

"这个给你。"彭清华把手上一个纸包递给陈月娥，"我爸爸戒烟了，这些留在家里没有人抽，你拿去吧。"

"我不要别人家的东西。"陈月娥说。

"拿着吧，我没有别的意思，我特地起早在这里等你的。"

"你为什么要等我。"

"给你这些香烟啊。"

"你给别人吧。"

"我就是想给你。要不然我不会特地起个早在这里等你的。"

"我们非亲非故的……"

"是非亲非故，但交个朋友总可以吧。"彭清华说着将纸包塞到陈月娥的手上，转身进了屋。

"你说你，非亲非故的，非要跟我交什么朋友呢？"月娥眼里，这个彭清华和清河镇的那些女人，不一样。倒有点像有些电影里演的男人。

"我就是喜欢你的样子，挑粪的样子、抽烟的样子、骂人的样子……"彭清华说的这些话，连春耕都没有说过。

"哎呀，你说的话，要是春耕听到了，说不定会吃醋呢。"

十一

"对，这次被你说对了，这件事情很重大，头等大事！李美萍跟我有没有关系，你不要管。你只管去把她放了，一天不放，你一天不要回来。"彭清华看着朝自己走来的章建清，毫不示弱地直直迎上去。

"把她放了？这是要犯错误的！"章建清严肃地说。

"你随随便便把人关起来，不是犯错误？随便关人，这是犯罪！我再跟你说一遍：你要是还想在清河镇做人，马上就去把李美萍放了。现在还来得及。"

"你……你……"章建清一时说不出话来。

当年父亲和母亲劝说自己和彭清华好，心里不是没有过"咯噔"。这个"咯噔"说不清楚是什么，只是觉得彭清华，有着一种他可能不太适应的气场。但是彭清华毕竟是镇长的女儿，虽然有点五大三粗，但是长得也不难看，一双双眼皮的大眼睛炯炯有神。再说了，章建清没有谈过恋爱，也没有对哪个他见过的女人动过心。不管怎么样，彭清华是清河镇的"第一女儿"，如果可以和清河镇的"第一女儿"结婚，那将给那些喊他"开头人"的人以狠狠的打击！这一点让章建清感到很兴奋。

等到过在一起，日子一天一天地过下去，他心里的"咯噔""咯噔"一次次被证实，彭清华的气场，的确是他不能适应的。

"你什么你？！"

"你不知道现在的头等大事是什么吗？"

"你以为说出头等大事几个字就能吓倒我了？我告诉你，现在的头等大事，就是把李美萍放了！"

　　章建清在彭清华这里吃了瘪，又饥又渴，想了想便朝自己父母家走去。章建清父母依旧住在西栅头。

　　很早以前，西栅头有一个货运码头，南来北往的货船在这里停靠，卸货、装货、加水加粮、歇脚采购、捏脚逛窑子……慢慢地，有些外乡人就在这里留了下来，靠着自己的手艺在清河镇讨生活。

　　章建清的父母亲是从苏北来到这里的。1948年开春，他们的船走到这里时，清河镇正下着一场罕见的春雪。鹅毛大雪纷纷扬扬，一天一夜不停，整个清河银装素裹。运河、清河、清河的漾、清河的湾、清河的塘、清河的滩、清河的沟渠……那些原来经年流动不息的水面，都结了厚厚的冰。仿佛整个清河镇都被冻起来了似的。章家的船困在了运河码头。

　　第三天凌晨，在刺骨的寒冷中，章建清的母亲被一阵紧似一阵的疼痛折磨得死去活来。章建清的父亲披着蓑衣，冒着严寒，深一脚浅一脚地上岸去找医生。那个时候，清河镇没有像样的医院，跑遍了清河镇，想着船上痛得翻滚卷起的妻子，章建清的父亲急得眼泪在眼眶中直打转。他看着中药店紧闭的紫黑色桐油门，不顾一切地拍打着，嘴里喊着：快点救救我老婆呀！快点救救我老婆呀！两条人命啊！两条人命啊！……中药店的陈老板前一天晚上盘店到深夜，正巧住在店里。他来不及听完这个带着哭腔的外地男人说完，就匆忙披了件棉袄，领着他去曲尺里找清河镇最有名的接生婆。

　　"女菩萨啊……"

　　接生婆没等这个操着苏北口音的男人带着哭腔说完一句完整的话，就果断地打断了他。

113

"人在什么地方？"她一边问，一边披上一件黑色的带斗笠的披风，抓起一旁一个包裹，"熬骚、熬骚，在前面带路。"

她跟着他深一脚浅一脚地来到西栅头。离章家的船还足有几十米，就听到了章建清母亲的哭叫声。接生婆上了船，脱掉产妇身上硬邦邦的棉裤，一边抓过她的手，嘴里不停地大声说："用力、用力，不用力气，毛毛头自己是不会钻出来的！用力、再用点力，毛毛头自己又出不来的，全靠你用力气啊……"说着又转过头去对章建清的父亲说，"快点烧水！你立在那里做什么？快点去烧水，要来不及了……"她就像个暴脾气的指挥官，将船舱当战场，在战场上不由分说地下着命令。

"再用力，加点力气，胀——胀——胀，像平时拉大便一样，用力足就快了……红糖、红糖，红糖有没有？快点泡碗红糖水……"

在接生阿婆的不断鼓励下，一个多时辰后，章建清的母亲终于生下了这个后来叫章建清的男婴。接生婆用烧红的剪刀剪断了脐带，用滚烫的水擦洗了产妇，帮着洗干净了婴儿，用自己带来的一条大红的丝绵蜡烛包把毛毛头包好，递到章建清父亲章贵山的手里。

"你是我们章家的救命恩人，我们怎么还好要你的东西？这么好的丝绵蜡烛包，我们见都没有见过……"章建清的父亲说着，要跪下给接生阿婆磕头。

"抱好、抱好，把毛毛头抱牢。今年清河镇不一般，开春下大雪，少见少有，用这个红包裹给小孩子压一压。照顾好产妇娘。"接生婆细致地收拾好随身带来的包裹，上了岸。"让产妇娘吃好点，小人要吃饱……"在岸上，接生婆回转身大声吩咐立在船头的章贵山。

章家的船停在了西栅头。

章贵山的妻子在异乡的冰天雪地里坐月子，丈夫每天早起在船上生好炉子，走出船舱上岸去，到运河里、清河里敲冰捉鱼，给坐月子的妻子炖了鱼汤喝。清河的水产炖的汤，变成了章建清母亲充沛的奶水，让章建清在清河镇西栅头度过了没有饥饿、没有疾病的新生儿时代。

章家的船只准备启航回苏北的前一天，传来消息，运河已经封航了。

章建清的父亲对章建清的母亲说："运河走不了了，这仗要打到什么时候也不知道，航什么时候通也不知道……"

"这……怎么好呢？"

"这两天，我一直在想，要么，我们不要回去了，反正船就是我们的家，在哪里还不是都一样。"

"好的、好的，"章建清的母亲说，"这个地方多好啊，比我们老家好，我从来没见过这么软、这么柔的丝绵蜡烛包。"丈夫说出了自己的心里话，这个还在月子里的女人别提有多高兴了。

新中国成立后，章建清的父亲进了煤球厂，成了正式职工，母亲在缝纫社做临时工。她总是对章建清说："清河这个地方好，清河对我们有恩。"

章建清很小的时候，听得母亲这么说，他便会回答："噢、噢、嗯、嗯。"后来，章建清成了少年了，他便反驳说："这个地方有什么好？对我们有什么恩？"

"什么恩？救命的恩！"母亲总会亮开整个嗓门大声地说，似乎如果声音不足够响，就不足以表达这恩情的大和深，"没有这个地方的人，可能就没有你，说不定连我都没有了。"

"没有！没有更好！"

"我看你的良心叫狗吃掉了。"

"他们都叫我'开头佬'！"

"'开头佬'就'开头佬'，叫'开头佬'也没有错，我们本来就是从开头、从苏北来的。"母亲说。

"你不晓得他们叫我'开头佬'时候的样子……"

"你不要管这些。以前，我们在河里漂来漂去，居无定所。现在，你爸爸是清河镇的正式职工，拿国家工资的。"

"正式职工！做个煤球也算职工，黑炭一样！"

"做煤球有什么不好？挑粪的也照样是工人。"

"这个镇上的人，都是在肉店里、百货店里、药店里的，那些茶馆店、白铁店的，已经被看低一层了，做煤球的、挑粪的、扫街的，你看看都是哪里来的？"

"肉店、药店、百货店……这个镇上有几户人家能住上这样的房子？"虽然章建清家的房子在西栅头的最西面，但是，是西栅头最大的一间屋子，后面还有一片空地。章建清的母亲在后面的空地上种了很多葱，他们家的菜桌上，每个菜都有葱，烧豆腐放葱、烧鱼放葱、炒鸡蛋放葱、炒青菜放葱、蒸肉饼放葱、烧茄子放葱……清河镇这个地方没有老家的大葱，葱是章家夫妻俩对家乡的唯一记忆。虽然是小葱，总是还有程度不同的那点味道。

"什么菜都放葱，每天放屁……"章建清为了葱，和母亲抗议过不知道多少次。

"葱通气的呀。"母亲每次都这么说。

"通气、通气！通气、通气！不如说通屁！"

"这个人，这个人！"章建清的父亲指着儿子的背影，"要找个厉害点的角色。"章父眉毛粗硬，粗黑的鼻毛，手指甲缝里，沾满了永远也洗不净的煤灰。

……

"有没有吃的东西？饿死了。"

章建清的母亲坐在门口择菜，父亲在一旁用自己劈的竹篾编篮子。

两位老人看了他一眼。

"厨房里有粥。"母亲说着站了起来，"再给你炒个鸡蛋吧。"

父亲只顾编篮子，也不看儿子一眼。

"不要放葱啊！"章建清也不跟父亲打招呼，径自向屋里走去。

"礼拜天不在自己家里，你来这里来干什么？"父亲望着他的背影，声音不响但口气严厉地说。

章建清也不答话，跟在母亲后头去厨房。

"你不在自己家里吃早饭？跟清华吵架了？"母亲问道。

"问什么问?!"章建清没好气地说。

"白长白大个人……"章父望着他的背影叹了口气。

"你不要跟清华吵架，要多听她的话。"母亲叹了口气说。

"你当是我想跟她吵架啊！"章建清刚在彭清华那里吃了瘪，父母亲还不问青红皂白地一个劲给她帮腔，气不打一处来，吼了起来。

章父放下手里的活，走进厨房，一把夺过章母手中的鸡蛋掼在地上，冲着儿子大吼道："滚！滚！滚出去！"

十二

章建清气鼓脑燥地从西栅头出来，抬头看了看天，炎夏六月里，天却是铁灰色的。再看看河，河面也是铁灰色的。

一个清早，从李美萍开始，到陶永利，到圣贤桥的老头子，到武红兵，到彭清华，到自己的父母亲，每个人都在和自己作对！李美萍和自己作对，还可以理解；陶永利，花架子上不了台面，不要去说他；武红兵，上级领导，神气活现，也算可以理解；彭清华，自己老婆，连门都不让进！为的是李美萍?!亲生父母，把自己赶出来，为的是?……

这个清河镇，现在不仅是对自己不公平，简直是得寸进尺，要和自己作对了！

"为什么要和我作对！"章建清看着铁灰色的河面，在心里愤怒地呐喊。

章建清想想自己真是晦气到家了，这些人好像都神经了一样。

一个卖肉的有资格教育你"做男人嘛，总要有点东西"！

花架子陶永利讽刺你"搞这个工作挺合适，哈……"！

老婆骂你"猪头三"！

亲生父亲骂你"白长白大"！

上级教训你"动动脑筋"！

"做事情，动动脑筋，核心要拎清爽，外围情况要先摸清楚。"章建清想着武红兵的话。

核心？核心是什么呢？章建清设法让自己平静了一下。一边想一边踢着路上的小石子，差点被一个枯死后没有清理掉的树桩绊倒，他狠狠地踢了一脚树桩，人造革的凉鞋头上踢掉了一块皮，小脚趾一阵钻心的疼痛。

章建清蹲下身子，脱掉凉鞋揉着踢疼了的脚趾，一阵一阵钻心的痛令他的牙龈都酸疼起来。

这一阵钻心的痛倒让章建清茅塞顿开——核心，对啊！这核心是丝厂啊！

"东田从群众反响最大的清东公路聚众事件着手追查，一举查获……"《情况通报》上是这么介绍的。

那么，我们也是从群众反响最大的丝厂开始的……章建清激动地想，这一点好像没有错。"外围情况摸摸透！"武红兵说的外围情况到底是什么呢？丝厂是核心，丝厂的外围是桑树地……桑树地里的知了像造反一样叫，沸反盈天……桑树地？不对不对，外围还是要从张娟着手……章建清边走边开动脑筋，抬头远远看到了清河镇丝厂的大门。

章建清走出家门以后，彭清华仍然不放心，她骑着自行车赶到人武部，人武部大门紧闭。她寻思了一下，又骑着自行车朝西栅头赶去。

章建清的母亲坐在门口择菜，父亲在一旁用自己劈的竹片编篮子。

"爸爸、妈妈，章建清来过吗？"

"清华啊，他是来过的，不过，被他爸爸骂走了。"章建清的母亲见媳妇急急忙忙地赶来，连忙迎了上去。章建清的父亲也放下手中的活，站了起来。

"清华啊，出什么事了吗？"章贵山忧心忡忡地看着彭清华。自从儿子和彭支队长的女儿结婚以后，有一段时间，章贵山放下心来。清河镇的人觉得他们章家大概是祖上积了八辈子的德，捡了天底下最大的便宜。但是，在章贵山的心中，他很清楚自己的儿子需要的是什么样的约束。所以，他的心中，时常还是忧虑的。

"爸爸，没出事，我在找他。他往哪里去了？"

"赵干事，我来了解情况。"章建清来到丝厂保卫科。保卫科的赵干事，说起来和章建清两人还是同一批当兵入伍的。

"章建清，你来过好几趟了，李美萍被你叫走了，什么时候放她回来？"赵干事看上去并不欢迎他。

"放李美萍回来？她还没有彻底交代。"章建清没想到自己作为工作组的人，赵干事非但没有表现出一点敬畏，反过来向他要李美萍！看来丝厂的问题很严重啊！

"交代？你这口气……"

章建清刚到部队的时候，赵干事和他关系不错，章建清长得眉清目秀的，话不多，两个人住同一个宿舍，又都是从清河去的，老乡。部队最讲老乡观念了。可是没过多久，赵干事就觉得章建清这个人有点"弄不灵清"。

有一天，战友们在宿舍里聊天，说到各自的家乡。赵干事说：我们清河镇啊，是鱼米之乡，一直以来风调雨顺，很少有天灾人祸，清河镇几乎没有出过讨饭和逃荒的，我们清河镇的蚕茧丝绵那可是一等一……

来自全国各地的战友们听着赵干事自豪地说自己的家乡，脸上满是羡慕的神情。

"你把清河说得跟天堂似的。"章建清冷不丁打断了他的话。

"章建清你什么意思啊？"赵干事丈二和尚摸不着头脑。

"不要吹了。"章建清带着点讽刺的口吻说。

"什么叫吹啊，我说的哪一条不对啊？"

"原来赵永红在吹牛啊……"

"哈哈哈……哈哈哈……"

各地口音的宿舍战友们哈哈大笑起来。

"章建清，你说清楚，我哪一点是吹的？"赵永红被战友们一起哄，气得脸都白了。

"说、说、说，章建清快点说……"

战友们拼命起哄。

"说什么说！"章建清一看这个架势，板起脸站起来就朝门外走去，留下一堆在宿舍起哄的战友。

"章建清，你给我回来。"赵永红拨开围着的战友，追了出去。

"我不跟你讲。"章建清头也不回，快步向操场走去。

"你是故意给我难堪还是跟清河有仇啊？"赵永红一边大声问，一边加快脚步追。

章建清不回答赵永红，飞快地跑走了。

"交代，说错了吗？叫李美萍去就是让她交代问题的，事情是从丝厂起头的……"

"章建清，丝厂里女青年多，清河镇的男青年喜欢到丝厂里来白相，这个是事实。你说事情是丝厂起头的，到底是什么事情呢？"赵干事跟章建清打过交道。

"到底什么事情？"章建清反问道。他知道这个姓赵的是揣着明白装糊涂。

"嗯，什么事情？丝厂每天的事情成百上千。"

"成百上千？现在的头等大事是什么？"章建清抬高了声音，"你们这里，群众反响很大！"

"群众反响？群众？多少人算群众？什么地方的群众？"赵干事本来对有些人盯着丝厂不放就不满，章建清动不动就说"群众"，更让他反感了。

"你们这里，啊，有个叫张娟的，就多次……"

"张娟是吗？张娟多次反映有社会青年到丝厂女工宿舍，这件事情我们查过了，张娟说的李美萍你也带走了……"赵干事看来并不准备给章建清面子，"丝厂里面女青年多，女人多的地方，本来是非就多……"

"群众反响大，就要查，现在什么时候？你吃什么饭的？你不知道！"章建清一听赵干事不停地提李美萍这个名字，血就往头顶冲。

"群众！群众，一个张娟就代表群众？"动不动就"群众"、动不动就"你吃什么饭的"，赵干事牙根都痒起来了。

"张娟不是群众？"章建清兴奋起来。

"张娟的成分是共青团员，她是一个人，张娟说什么，并不代表丝厂很多人和她想的一样。"赵干事知道章建清挖的坑。

"她能代表群众吗？"

"章建清，既然你这么认为，那么，张娟你带走好吗？"赵干事停顿了一下，"我刚才跟你说过了，女人多的地方，本来是非就多。现在我再跟你说一遍，到时候，不要怪我没有提醒过你。"

"带走……就不带走了。"章建清想，一个李美萍就够自己受的了，要是这个张娟是另一个李美萍，那可真要……"你给我找一个单独的房间，把张娟叫来。"

"他说张娟像小鹿纯子，嘴巴特别像，笑起来的时候，更像……"章建清想起李美萍的话，心里嘀咕着：小鹿纯子？那个扎着一对高高的香蕉辫子，徒手起跳比撑竿跳还要高？一看就是胡编乱造的东西。有这样打排球的？一个小镇丝厂工人像电影明星？哼，整天想入非非的，不务正业，能干出什么好事来?!

张娟走进保卫科隔壁房间的时候，章建清正托着腮坐在桌子前，一边抽烟一边想着《排球女将》里的情节。他恍惚中看到一个个子不高，身材丰满的女人低着头朝自己走来。

"进去吧，工作组的人要找你了解情况，了解群众反响很大的情况。"他听得外面赵干事朝张娟说话的声音。这个声音故意被放得大大的，既像是通知章建清，又像是给张娟传递信息……

十三

由于是逆着光，章建清没有能够看得清她的脸，但是那个姿态是鲜明的，他一辈子都忘不了的。

要命的是她和李美萍一样有一个丰满的胸脯，真是奇了怪了，好像丝厂专门招这样的女工。也许是这些女工进了丝厂才变成这样的？怪不得丝厂里面会弄出那么多事情。章建清想。当然，她走路的样子和李美萍完全不一样，李美萍总是理直气壮的样子，刚正不阿的样子，真理在握的样子，摆出一副要和你明辨是非的姿态，像是你死我活似的。有什么好理直气壮的！难道你是正确代表、正义化身，我还成了特务、反动派、阶级敌人、流氓分子了？谁是正面谁是反面都搞不清楚！眼前这个女人不一样，轻轻柔柔地向你走来，小心翼翼的、楚楚可怜的、无辜的样子。章建清虽然不喜欢李美萍那种理直气壮的女人，他已经在彭清华那里吃够苦头了，但是他也不喜欢眼前这个女人的样子，她们故意装得柔柔弱弱、楚楚可怜。章建清对"楚楚可怜"有与生俱来的讨厌。

记得那一年，自己十二三岁？十二岁还是十三岁？记不太清楚了。一天放学回家，经过离家不远处的一棵柳树，他听得柳树底下传来"喵呜——喵呜——"的叫声，章建清对狗啊、猫啊这些东西都不感冒，起先没有理会。没想那猫一边"喵呜——喵呜"叫着，一边朝他走来，并且在他的双脚边停了下来。章建清被挡了道，低下头来看这小畜生。只见一只皮毛黑白相间的小猫拱起身子蹲在他的脚边，抬起头看着他。它的身子压着他的脚面，把他的脚面弄得暖烘烘的。它看着他的目光那样无辜、楚楚可怜，似乎在向他发出一种寻求庇护的信号。章建清蹲下身子，伸出双手将这只皮毛黑白相间的小畜生抱起来，他将手伸到它两个前腿的下面，一股柔弱的温热传导到他的手掌，他举着它的身子抬起来，这小畜生的小脸蛋正好对着自己的面孔，精巧的鼻子上面，一对乌溜溜的圆眼睛柔柔地看着他。它伸出舌头舔了舔章建清的鼻子，轻柔地"喵呜、喵呜"叫了两声，试图将脑袋伸到章建清的脸上。章建清将他抱到胸前，低下头去，那猫竟然将自己柔软的额头伸到他的额头上，还哆哆地左右摩挲起来。章建清感受到它软软的头盖骨和自己的前额接触时的那种温度和随着温度传导而来的绵柔，这让他感觉像被什么蜇了一下似的，惊慌地松开双手，那畜生便掉到了地上。它显然被惊吓到了，用感到难以置信的眼神看了章建清一眼，发出一声怒吼般的"喵呜"声，随即敏捷地转过身朝着柳树跑去。

章建清讨厌这样的眼神、讨厌这样的绵柔，他觉得它的这副姿态就像母亲整天挂在嘴上的"有恩、有恩"一样，媚得让人恶心。

自从寄出那封信，张娟这些天也过得不容易。特别是李美萍被叫去之后，她每天都忐忑不安。

和李美萍的飒爽不同，张娟是天生的柔骨，从她出生那天起就是。女人不应该就是这样的吗？张娟总是这么认为，女人就是应该这样的！小时候，在村子里，跟在别的小孩子后面的张娟，娇小玲珑的，小伙伴们，不管是男孩还是女孩，虽然谁都不把她当回事，但是谁也不忍心欺负她。

这个一直以来娇小玲珑的女孩，不知从什么时候开始，有了一颗和自己的身材不相称的心——凭什么？凭什么李美萍家同样都是女孩，村里的人没有人说闲话，而自己家，虽然只有一个女孩，但是要被村里人取笑？凭什么李美萍到丝厂没多久就能够做仓库管理员？小时候，在村子里，她有时和李美萍一起去上学，两个人走在路上，有的人夸张娟像个女孩子，也有的人夸李美萍长得俊，总之是旗鼓相当的。在学校，两人的学习成绩也是不相上下，都在中游。从进了丝厂开始，一切就变得不一样了。李美萍没干多久挡车工就当了仓库保管员，就因为字写得好？算盘打得好？她爸爸能写会算，教了她这些，我要是有这样一个爸爸，不也一样可以吗？但是不管怎么样，她当了仓库保管员，我还是挡车工！

自从那些男青年到丝厂来以后，张娟感觉越来越不舒服了。从心底里，她喜欢这些男青年来宿舍。宿舍小，四张高低铺，八个人住，中间放了一张长条桌，来了人就只能坐在床上。他们走进宿舍，往床上一坐，张娟就感到一股让她心荡神迷的气息。大家围着长条桌聊天，那个陈伟能讲的东西最多了，什么《排球女将》《加里森敢死队》《大西洋底来的人》《血疑》《追捕》《人证》……他竟然说自己长得像日本电视剧《排球女将》里的一个人，张娟听了很是激动，专门去找了《排球女将》来看，觉得自己的脸型、眼神真的还挺像小鹿纯子的。小鹿纯子讲话的时候，嘴型很特别：撮起来，微微歪向一边。张娟对着镜子一直练习，希望自己讲话的时候也像小鹿纯子一样，有点歪歪的、牙齿想要咬住嘴唇的、可爱的。可是陈伟还说李美萍像阿雅子，张娟觉得《排球女将》里面的阿雅子显然比小鹿纯子漂亮。但是不管怎么样，《排球女将》的主角是小鹿纯子！偏偏那个该死的民丰，说什么"张娟长相是有点像小鹿纯子，但是眼神不像，气质不一样，张娟柔柔弱弱的，小鹿纯子是很有韧劲的……还有什么小鹿纯子的眼神是坚定的，张娟有时候有点躲躲闪闪的……"！

最让张娟受不了的是李美萍。她以前不知道李美萍会喝酒，自从那些男青年来宿舍后，讲得起劲，他们就喝自己带来的啤酒，李美萍和他们一起喝，喝得兴起还碰瓶子、拍手掌。你说一个女的，怎么能和这些陌生的、虽然来过几次但也不能算太熟悉的男人一起喝酒呢？还碰瓶子、击掌！张娟觉得让这些男青年进宿舍，就已经有点越过规矩了，要是传到村里面，不知道自己的父母亲、村上的那些人会说什么！

不过他们就是来聊聊天，而且自己每天还是挺想他们来的。张娟喜欢他们走进宿舍在床边上坐下来后，浑身散发出的那种气息。这种气息让她心醉神迷，每天下班回来躺在床上，她都在捕捉他们留下的气息。

那天太气人了！他们每个人都背了满满一军用挎包的啤酒来，把长条桌的一个角堆得都是酒。他们一坐下就开始聊歌，边聊还边唱。

"我衷心地谢谢你，给我关怀和鼓励……"

"小城故事多，充满喜和乐……"

"如果没有遇见你，我将会是在哪里，日子过得怎么样……"

"甜蜜蜜，你笑得多甜蜜，好像花儿开在春风里，开在春风里……"

唱到这首歌的时候，他们打开啤酒瓶，每个人都拿起啤酒瓶，还给张娟也递了一瓶，她当然没有接。宿舍的一个女工还取笑她。这个女工也是从农村来的，瞧她长的那个样子，《排球女将》里面最难看那个也比她好看，她有什么资格嘲笑自己？

男男女女挤坐在一起，张娟被挤在中间，周边的人都在喝酒唱歌。张娟不喝酒，也不会唱这些歌，心里气愤起来，但也不想当着那么多人的面撕破了脸，给自己难堪，就借口家里有事走了。走出宿舍，走到厂区的梧桐树林荫道上，回头去看自己宿舍的灯火，张娟靠在一棵树上，不自觉地哭了起来。哭了一会儿，心里又气愤起来，她内心是希望他们来宿舍的，但是他们怎么可以这么做呢？她们，那些和自己一样的丝厂女工人，特别是李美琴，怎么可以这样呢？还喝酒！还有人竟然因为自己不喝酒而笑话她！张娟的愤怒难以排解！她觉得自己非得做点什么不可！

……

逆着光，章建清看到一个和李美萍一样胸脯丰满的，但是走路的姿态像那只他讨厌的猫一样的女人，迎面朝自己走来……

十 四

章建清晦气懊恼的前一天，我坐上了一艘便船，去青石粮站看姐姐，她假期在那里征粮。

去青石粮站看姐姐，是我的提议。

"我看看征粮是怎么回事。"我跟母亲说。

"你去看看也好，接受一下劳动教育，上了初中，暑假和姐姐一起征粮去。"母亲说。

"好的，妈妈。然后，我去清河看看外婆。"

我的私心是去清河镇。前几天收到傅敏的信，傅敏在信里说，大家知道我初中还在清河上，高兴坏了。她们（傅敏、菊芬、宇萍）几个人要在十五号这一天聚会。那一天是宇萍的生日，她妈妈要给她烧十个卤蛋。

"要是你也在就更好了！"傅敏在信里说。

我在回信里说"真是太遗憾了"，而实际上，我决定给她们一个惊喜。

青石粮站是清河镇粮管所的一个中转站，是能辐射方圆几十里的一个中心站，倚靠长山河而建。每当到缴粮的季节，船只沿着长山河排出了几公里的长队，蔚为壮观。

我们的船进入长山河以后，速度就慢了下来。河道两边来来往往的船络绎不绝。早早出门缴粮的船只，陆续回家了。晚出门的缴粮船，正在赶往粮站的路上。河道两岸，茂密的桑树林里，成群的知了不知疲倦地叫着。摇橹的船工不时腾出一只手来，抓起肩头的毛巾擦着脸上淌下来的汗。

远远望去，青石粮站宽大的石阶上面，铺满了跳板，挑着担子的男人们熟练地在跳板上上下下，像是技艺精湛的杂技演员。我们的船小心翼翼地向前。船工已经弃橹改篙了。他轻轻地点着篙，试图找到一个能靠岸的空档，好让我上岸。找了个把小时，船已经过了粮站的码头，天色也慢慢暗下来，依然找不到空档。船工说："我找一艘船，跟他们商量一下，你从那儿摆个渡上岸吧。"

从一艘刚缴完粮准备离岸的船摆渡上了岸。沿着桑树地的小道走到粮站的时候，天空正褪去最后一层浅紫色的霞光。

一天的紧张工作过后，喧闹的粮站安静了下来，缴完粮后，白天成排的船只都回家了。夜幕降临，我们坐在长山河旁边的空地上乘凉。那天夜里，天空格外清朗，薄薄的云层像轻纱一样在空中缓缓地飘着，满天的星星像孩子的眸子一样清纯。一弯镰刀似的月牙挂在清朗的天空，倒影落在长山河黝黑发亮的河面上。周边的桑树地里，知了疲倦地叫着，一刻不停地叫了一整天，它们已经筋疲力尽。蚊子倒是火力全开，向着人群的方向发起进攻。空地上摆着五六盘砻糠做成的蚊香，蚊香散发出难闻的气味，盖过了新谷的清香。七八个征粮的同学，还有粮站的工作人员围坐在一起吃西瓜、讲故事。

先是粮管所过磅秤的老张讲了一个《一双绣花鞋》的故事。

"一张硬板凳，放在紧闭的房门口，一双绣花鞋，踩了上去……"老张用低沉的声音配合着惊险的情节，把我们讲得毛骨悚然的，就连黝黑的长山河上那个镰刀形的月亮都变得诡异起来，仿佛随时会变成绣花鞋。

接着我姐姐的一个同学讲了一个"队里新来的跳水队员"的故事。

说到跳水，有人便说：陈伟，陈二毛，你可以去跳水队啊，这个跳水队在哪里？是国家队吗？

"陈伟能进省队！"

"陈伟能进国家队！"

"陈伟讲个故事吧……"

大家起哄。

"陈伟？哪个？是我们清河镇的陈伟吗？"我轻声问姐姐。

"喏，那个，你看，裤子把屁股包得紧紧的那个。"姐姐指着不远处站在那儿啃西瓜的年轻人。

虽然弓着背，伸着头啃西瓜，仍然可以看出他的身材：宽宽的肩膀，上衣塞在紧身喇叭裤里，这让他的腰看上去很细。我们俩偷偷笑了起来。

"姐，我跟你说，陈伟是我们清河镇的跳水明星，他还救过我们班黄依依的命，黄依依因为这个写了一篇作文《路》……"

"好吧，那我讲一个。"没等我说完，陈伟扔了手中的西瓜皮，用手背擦了擦嘴，顺手拉过旁边的长条凳，坐了下来，"讲一个令人震撼的故事。"

陈伟给我们讲的故事是日本电影《人性的证明》。

有一个黑人小伙子，名字叫乔尼，从美国到日本的东京找他的妈妈，他妈妈是日本人，叫八杉恭子。结果乔尼到东京后，被刺死在一个酒店的电梯里。到底是谁杀死了乔尼呢？

乔尼的父亲是个黑人，1947年到1949年，在日本的美军基地服役。八杉恭子当年为了活下去，和他同居并生下了乔尼。结束在美军基地服役后，乔尼的父亲回国，把乔尼带回了美国。

八杉恭子没有去美国，留在了日本，和别人结婚后又生下了一个儿子。经过多年的奋斗，八杉恭子成为日本享有盛名的服装设计师。为了保住自己的名誉、地位和后来生的儿子的前途，她在电梯里杀死了来日本找自己的儿子乔尼。而她的另一个儿子，因为犯罪逃到美国，被美国的警方打死了。

准备参加年度设计大会并且获得大奖的八杉恭子，得知两个儿子都死了以后，来到悬崖前，自杀了。

电影里的歌非常好听，镜头也很震撼：一顶草帽从天空飞来，飞在高楼林立、霓虹灯闪烁的东京上空，音乐响起来了："妈妈，你可曾记得，你给我的那顶草帽，我把它弄丢了……"

"Mama, do you remember, the old straw hat, you gave me , I lost it , long ago …"陈伟说着故事，用英文唱起了歌，虽然他的嗓音有点沙哑，但是这首歌，似乎就应该配这样的嗓音。

月光下，陈伟的目光里含着泪花。他唱着，突然停了下来。大家都沉默着，微风轻轻地吹来，天空晴朗，满天星星……

我们仿佛看到一顶草帽在长山河的上空盘旋，一会儿飘向空中，一会儿俯向河面，正当草帽要落水的瞬间，我们听得沙哑的声音"Mama, do you remember …"草帽随着歌声升了起来……

晚上，我躺在临河的宿舍的高低铺上，望着窗外朦胧的夜色，迷迷糊糊就睡过去了。一个高高的跳台上，站着一个跳水运动员，敦实的身材，脚上穿着一双绣花鞋，黑色的缎面，鞋面上绣着一朵紫红色的玫瑰花和两片深绿色的叶子。只见他向上举起双手，紧贴着双耳，一个纵身，高高跃起，在空中一个三百六十度后滚翻，直插水面，水面上激起一朵小小的浪花，一双绣花鞋浮出河面，这时，天空中飘动的草帽突然俯冲向下，在绣花鞋的上面不断盘旋……

十五

我到外婆家的第二天，青石粮站的征粮还没有结束，姐姐从粮站来看外婆。她用自己征粮挣的钱，买了外婆最爱吃的芝麻酥糖和汤山大梨。外婆忙里忙外地给我们弄吃的，买冰镇汽水、炒南瓜子……

我和姐姐一人端着一个盛着冰镇汽水的搪瓷杯子，坐在廊檐下的竹椅子上聊天。

"姐姐，征粮还没结束，你请假了？"

"不是请假，我们这些学生，都不让干了。"

"为什么？"

"没有说原因，就说今年情况特殊。"

"你看上去好像有心事的样子。"

"你，记得陈伟吗？"

"记得啊，他穿着紧包屁股的裤子，讲《人性的证明》……"

"他出事了。"

"出事了？"我的心猛地一阵抽紧。

"昨天晚上，来了几个人把他抓走了。他们把他的两只手反绑捆了起来。"

Mama , do you remember, the old straw hat , you gave me , I lost it , long ago …

我的脑海里，全是那顶在空中盘旋飞舞的旧草帽。

"谁抓走了啊？民丰已经放回来了。"外婆端着一碗刚炒熟的南瓜子走出来，"叫进去只不过三日啊，天晓得他们做了什么，民丰出来像变了个人，面孔潦潦白，月娥难过死了，抱着儿子哭得要死。"

听说李美萍比民丰早一天出来，她离开三零九，是武红兵亲自来开门的，因为章建清已经去不了了。

章建清不顾赵干事的劝阻，坚持要在丝厂保卫科隔壁的单独房间找张娟进一步了解"核心"及"外围"的情况，谁料张娟死活只有一句话："我给你们的信里面都已经说了。"

"我给你们的信里面都已经说了。"她像那只猫一样朝章建清走来，没等坐下就怯怯地说。

130

"你信上只反映了社会上的男青年到丝厂女工宿舍这个情况,这个情况当然很重要,但是还不够,说明不了什么。"章建清耐着性子。

"还不够?"张娟睁着那像蹲在章建清脚边的小猫一样的眼睛,无辜地看着章建清,"那我就没办法了。"

"没办法了?"章建清只听得自己的肚子又"咕噜咕噜"地叫开了,从清晨离开三零九到现在,他连一粒米都没有进过,"信是你写的!你……你……再好好想想。"章建清开始不耐烦起来。要不是她的信,他怎么会把李美萍叫到三零九!

"想什么?"跟李美萍的强硬比起来,张娟显得楚楚可怜,她一会儿低头看着桌面,一会儿抬起眼睛看看章建清。她抬起眼睛看着章建清的样子,让他再一次想起那只猫,它将自己柔软的额头伸到他的额头上,并且嗲嗲地左右摩挲起来。

"那些社会上的男青年,到你们宿舍,有没有对你们动手动脚的?"章建清将身子朝张娟倾了一下,一边压低声音问,一边抬起手来……

张娟上半身下意识往后躲了一下,眼神慌乱,结结巴巴地说:"你这么说?……什么意思啊?"

"就比如说,有没有……"章建清抬起的手刚要比画,只听得"啊——"的一声长长的尖叫,随后是门外急促的敲门声……

彭清华离开公婆家,骑着自行车在西栅头、清河镇整整转了一圈,所有她认为章建清可能去的地方都去转了,都没能够找到章建清。最后,她朝着陈月娥家骑去……

李美萍离开三零九后,顾不上回家换衣服,就甩开步子,向着丝厂跑去,她跑步的姿态,真的像陈伟说的,像极了阿雅子。跑在路上的时候,她心中只有一个念头:给张娟一个巴掌、给张娟一个巴掌……

在丝厂，她没有找到张娟，同伴们告诉她：张娟被章建清叫到保卫科问情况，哭着回来了。回到宿舍后，跟谁也不说话，一直在哭，哭着收拾完东西以后，就走了。

"妈妈，不好了，出事了。"舅舅火炽火辣地从西边跑来。

"你总是这个样子，慌里慌张，改不掉的毛病。"外婆乜了舅舅一眼。

"这次真的、真的出大事了！"舅舅抬起左脚，狠命地蹬向地面。

外婆手里的碗"哐当"一声掉在地上，瓷碗摔了个粉碎，瓜子撒了一地。

"哎呀，你看看，你看看——"外婆有点气恼，"快点说，快点说，出什么事了？"

"民丰……民丰……民丰不见了。"

"民丰不见了？不见了快点去找啊！"外婆来不及收拾地上撒了一地的瓜子和瓷碗的碎片，随手从木盒子里拿出浸满了油的木梳子，在头顶梳了几下。

"听说章建清也不见了。"舅舅压低了声音，跟在外婆身边。

"快点去，不要管别人，快点去，月娥肯定要急死了。"外婆迈着小脚跨出门槛，舅舅、姐姐和我跟在她的后面。

"热死啦——热死啦——"一路上，知了不停地叫着。整个清河镇都是知了的叫声。

我们一路小跑，跑到杨家弄口子上的时候，撞见了菊芬。童花头菊芬冲着我喊："后天，不要忘了，后天到宇萍家去——"

"知道了——"我答应了一声，顾不上停下来，只跟着外婆跑。

我们跑到圣贤桥上，远远地看到一高一矮两个女人，朝着圣贤桥方向急急地走来。

"是月娥和清华。"外婆说。

我们停下来，靠着圣贤桥的挡板喘气，我看着桥堍那儿，满是苔藓的墙缝里伸出的一棵不知名的植物，想起了黄依依的《路》……

第三部

姐夫四毛

春分雨脚落声微，柳岸斜风带客归。时令北方偏向晚，可知早有绿腰肥。

——徐铉《七绝·苏醒》

清河镇的人，打破头都不会想到：今天站在圣贤桥上，看着曾经的校办厂，如今已经变成了远近闻名的图书馆。而改变这一切的，竟然是袁四毛。

一

春分这天早晨，头班车开进汽车站的时候，天上飘着细雨。有人看到李美萍，还是一头潇洒的短发，背着一个姜黄色的皮包，皮包的带子很长，整个包垂在她的大腿外侧。李美萍每走一步，皮包就拍打一下她的大腿。

每次李美萍走在路上，总有不少人替她感到惋惜：这个李美萍真是太可惜了，这么漂亮、这么聪明一个姑娘，怎么就变成了清河镇的老姑娘呢?!

大部分了解情况的人，都将李美萍变成大龄未婚青年的原因，归结为多年以前那个夏天章建清的瞎搞。章建清一阵瞎折腾，结果搞得自己、张娟、民丰都远走他乡。到今天，清河镇的人隐约听说章建清去了深圳，在一家什么建筑公司做饭。哎哟，做饭，还是搞后勤，当年不甘心搞后勤！结果折腾一番还是做了老本行，在一个远天八只脚的地方做老本行……老本行里的顶低端。

"连爷娘去世也不回来，不肖子孙。全靠彭清华，料理后事……"说起章建清，清河镇没有一个不摇头的。

而张娟，自从那天哭着回宿舍收拾东西回到家后，就被她的父母亲不知道送到哪里去了。可倒好，后来，连她的父母亲也离开了清河，这一户人家，就像从清河镇蒸发了一样。民丰还好，去顺德打了一段时间的工，回到了清河镇。

章建清瞎搞一通，结果证明了李美萍的清白！可是这么多年过去了，李美萍还是单身一人！在很多清河人看来，李美萍一定是在那次事件中受了什么刺激，让她始终无法释怀。

"要不是章建清瞎搞，美萍可能已经是孩子的妈妈了！"

"是啊，她们那一批的，都成家了，就是小一点的，像黄茵茵这个年纪，也都结婚了，再下去，傅敏她们这一批，十有八九都找好对象了。"

"真可惜啊，这么好一个姑娘家。"

"要说坏，还是那个张娟坏，不是她无中生有写检举信，也不会有这个事情……"

圣贤桥上不时有探讨李美萍至今单身的原因的话题，但是李美萍毫不在意这些，她像一个意志坚定的圣女，谢绝了所有给她做介绍的人的好意，也不说什么原因，只管好言谢绝。有少数见多识广的、阅人无数的，觉得李美萍其实没那么简单，看她的神态，像是背负了使命的人。

这个李美萍，今天怎么这么早来坐公交车了？——有人暗自纳闷。

认识她的人干脆大声问："李美萍，你这是要到哪里去啊？今天怎么不坐你姐夫袁四毛的小轿车了？"

李美萍"嗯"了一声，也不知道算不算回答，顾自上了长途车。

曾经无数次想着"走、走！"可是都没有走。不知道为什么，也许是不知道怎么跟家人说，也许是不知道他愿不愿意见，或者见了以后会怎么样……

为什么要在今天走？

昨天晚上，在一段前奏很长的狂风闪电过后，滚滚春雷由远及近，最后在头顶的天空炸裂。李美萍在梦里长途跋涉，最后来到一片高坡，高坡下是一片荒漠，她看到他独自一个人，浑身湿漉漉的，站在广阔无边的荒漠里，茫然四顾。正当自己迈开脚步向着荒漠奔去的时候，乌云密布的天空上一声炸雷响起，天崩地裂，随即一切都消失了……醒来的时候，她心如刀绞。

李美萍一天也不想拖下去了。

这么多年过去了，李美萍常常回忆那段时光，每当黄昏的落日跌下地平线的时候，他的身影就会出现在丝厂的林荫道上，无论是看他的正面还是侧影还是背影，李美萍都觉得心里甜甜的。走进宿舍，他每次都很自然地坐在自己的旁边，虽然一群人有说有笑、唱歌、喝啤酒，但是李美萍从他的气息、从他眼睛的余光中，确信他来到这里，就是为了自己！这么多年过去了，每一个黄昏，李美萍依然像那段时光一样，怀着甜蜜的心情盼望着那个身影的出现。这么多年过去了……看着车窗外面掠过的针叶松树，当年，汽车刚刚开通的时候，它们还是小树苗，如今已经长成大树了！寄出去那么多信，像泥牛入大海，这样的沉默，是要置他自己于死地还是想要让我死心？

李美萍并不在乎清河镇的人叫她老姑娘——虽然他们没有当面这么叫。她在乎的是他，他怎么样了？他到底怎么想？

她想，到了一定要去搞明白的时候了。

二

"美琴，外面怎么这么吵啊？"袁四毛靠在床背上，望着走进来的妻子。

"一个男的，喝醉了，在住院病房走廊上骂人。"李美琴拎着一组保温餐具。

"喝醉的？怎么跑进医院来了？"袁四毛皱紧眉头问道。

"喝醉的还管哪里啊？医院也没规定喝醉的就不能进啊。"李美琴打开保温盒，拿出一屉饭，取出一屉汤，最下面一屉是炖得皮肉分离的乳鸽，"好一点了吗？今天还痛吗？"

"好一点了，你看，我坐起来了。"袁四毛滚圆的脸瘦了一大圈，巴掌上原本撑得饱满的皮耷拉了下来，眼睛也像变戏法似的凹了下去。

"只顾说话了，也没注意你坐起来了。"李美琴脸上露出了笑容，"来，吃点东西，先喝汤吧。"

袁四毛侧了侧身子，让妻子将毛巾塞进自己的衣领子里。

"你喂我吃吧。"他倦意的脸上挂着死乞白赖的笑容。

"你倒好，生了病，像个小孩子了。"李美琴嗔怪道，"好吧，我来喂你。"

"美琴啊，美萍走了以后，你就没给我好脸色看过了。你看，现在我快要死了，你倒对我好起来了。你不要对我好，让我死了，我还好过一些。"袁四毛别过脸去，两行眼泪滚落下来。

"哎呀，说你像个小孩子，你还真的小孩子了，还哭起来了。"李美琴抽出两张餐巾纸，吸了袁四毛脸上的泪水，"你还死不了。"

擦干净丈夫脸上的泪水，李美琴自己的眼眶湿了起来，她别过脸去，站起身来朝窗口走去。

"美琴，你不要难过，是我不好，你不要哭哦。"

"我没有哭。刚才走进医院的时候，我看到张福坤的弟弟，坐在院子里晒太阳。"李美琴将眼眶里的泪水隐了回去，"好了，吃饭吧。"

"你说张福坤的弟弟张福叙？"袁四毛有点意外，看着李美琴。

"是的，穿着病号服，头发都白了，人老得，认不出来了，应该是生病住院了吧。"李美琴将一勺汤送到袁四毛的嘴边。

袁四毛迎着汤勺将嘴凑上去。

"张福叙，当年跑起来像兔子一样快，王八蛋，你也有今天啊。"袁四毛咽下汤，"美琴啊，你烧的什么汤啊？我出生到现在，从来没有吃到过这么好吃的汤。"

"乳鸽汤，四毛，人家跟我说，动了手术的人，要吃炖得稀烂的乳鸽，喝鸽子汤，伤口愈合得快。"李美琴笑盈盈地看着袁四毛，"你的手术很成功，用不了多少时间就会好起来的。"

"美琴啊，我不想好起来了。"袁四毛说。

"不要乱讲。"

"我不想好起来，这样，你就会天天像今天这样，对我好。"袁四毛说着又流下了眼泪。

李美琴赶紧抽出纸巾去吸袁四毛的眼泪，没想到丈夫的眼泪还没擦去，自己的眼泪没忍住，滚落了下来。四毛连忙拿过美琴手中的纸巾，将妻子脸上的泪水擦干净："美琴，是我不好，这个人啊，一生病啊，就想七想八的，其实，我心里是蛮开心的。"

"四毛，你是不是觉得我一直以来对你不够好啊？"李美琴又擦了擦自己的脸，拿起汤勺给四毛喂汤。

"美琴，你是这个世界上对我最好的人。不过，美萍走了以后，你不理我了，我心里忧急啊，急出了毛病。"四毛将汤咽了下去，"美萍做啥要走啊，我这个做姐夫的，到现在也是一头雾水啊，我是一定要找到她的，我能下床了，就出去找她。"

"先不要说美萍的事吧，先把身体养好再说。"李美琴扯下一块鸽子腿肉，递给袁四毛。

"美萍找不回来，我是死不甘心的，你美琴也不会真对我好的。"四毛张嘴接住李美琴递上来的鸽子腿肉，"真鲜啊！真烂啊！美琴，你烧得太好了，谢谢你，这么用心。"

"你要是喜欢吃呢，我明天再给你烧，吃到你吃厌烦为止。"李美琴看着四毛陶醉的样子，心里也开朗了起来。

"美琴，你知道在我心里，什么东西最好吃吗？"四毛嚼着鸽子肉，望着李美琴。

"这几年，你什么好东西没有吃过啊？山珍海味！我妈妈经常说，罪过啊，真是太铺张浪费了，以前地主老财哪有吃那么好啊。"美琴喂了四毛一口饭。

"是啊，不过这种饭都不好吃，吃着没有味道。美琴你知道吗，那根本就不是在吃饭，是在让人看：你看看，我很看重你，这么多贵的菜，客气、大方，把你当贵客的。所以，不管心里多肉痛，台面上也是要摆得满满的，足足的。这叫做足面子。"

"我知道、我知道，你四毛的性格我还不了解吗？"

"其实，在我心里啊，酥糖最好吃。"四毛说着，笑了起来。

"酥糖啊？"李美琴脸上写满了惊讶，"我们这个地方，谁没有吃过酥糖啊？"

"是啊，我们这个地方，个个人吃过酥糖，但是没有人吃过我小时候吃的那个酥糖。"四毛像绕口令一样说着，脸上的神色也是复杂的，带点陶醉，带点悲伤。

三

那一年，雪落得真大啊，像鹅毛一样在空中飞舞着落下来，有些雪片像五分硬币那么大，我后来再也没有在我们这个地方见过这么大的雪。树上、屋顶上、地上，各到各处，全都是雪，整个镇子都是白的。镇上的路不见了，房子、树突然之间矮了半截。我姆妈手上捧着汤婆子，脚上烘着铜脚炉。一个上午，她都这么坐着，整个人缩成一团。我对姆妈说："姆妈呀，我肚子饿，肚皮好像贴着背脊了，我想吃饭。"

"四毛饿了啊？唉，这天啊，雪落得这么大，菜地里的菜都冻坏了。四毛啊，你到坯房里去，那里有几个坛子，你去摸摸看，里面是不是有糕点果子。"袁四毛的妈妈有一张清秀的脸，要不是头上白头发和有点佝偻的背，不知道底细的人准以为她只有四十岁开外呢。进入冬天以来，她觉得自己的腰和腿就像这冬天里的河水一样，冻得快结冰了。

清河镇上的人叫她四大娘。现在的年轻人很少有人知道她是从哪个地方嫁过来的，只是奇怪她说话的口音跟本地怎么就不一样呢。他们在心里嘀咕这个独自带着一个儿子生活的女人，是怎么来到这个镇上的呢？

老一辈的人都知道，四大娘是给老袁家的四儿子冲喜来的。本地人都知道袁家老四得了肺痨病，不行了，哪家愿意让女儿来冒这个风险啊！冲喜不成，不就成了寡妇了？年纪轻轻，成了寡妇，要是再嫁，哪个男人愿意冒染上晦气的风险呢？要是不嫁，一个年轻女人，一辈子守活寡，别说没有几个女人受得了，爹妈恐怕也舍不得啊。可是四大娘是外地人，四大娘一家肯定不清楚袁家老四得的病有多严重。媒婆么，为了拿老袁家的赏钱，保准隐瞒了实情。四大娘的运气终于也没有那么好，冲喜成功的概率实在太低了。清河人从来没有亲眼见到过冲喜成功的案例，只是听说他们不曾到过的地方有这个人或者那个人靠冲喜活了下来，而且到现在还活得好好的。新婚不出一个礼拜，袁家老四就去世了。四大娘成了寡妇。镇上的人对四大娘意料之中的命运表示了惋惜。虽然冲喜这种事情在这个地方很常见，也有人家把冲喜不成怪罪女方，但是袁家倒是厚道的，没有赶四大娘回娘家，给她单找了个房子住。

"还好、还好，袁家人还是厚道。"清河镇的人说。

"姆妈，我摸到了一包酥糖。"四毛从坯房里出来，花了点时间适应从坯房乌漆墨黑到厢房明光铮亮。四毛举着酥糖兴冲冲地跑到四大娘跟前。

四大娘接过四毛递过来的酥糖，小巧长方形，纸上溢出了油脂，将本来浅色的包装纸印出深浅不一的灰色。"酥糖"两个印在正面的大字是红色的，因为油脂溢出的原因，有点褪色，变得模糊了。

"四毛啊，几个坛子都摸过了？"

"姆妈，我在第二个坛子里面摸到的，后面几个没有摸过。"

"真是乖小人。"四大娘像是松了一口气，直了直身子，"四毛啊，你去看看灶火，不要让它灭掉了，加点柴进去。"

四毛跑进灶间，先塞了把稻草进炉膛，等炉膛里的火势旺起来了，又塞进几根树枝。灶前的空气暖和起来了，四毛通红的双手慢慢暖起来、痒起来。四毛左手抓右手，右手挠左手。

"四毛啊，你先烧点水，汤婆子冷掉了。"四大娘在厢屋里朝着灶间说话。

"好的，姆妈。"四毛敲开水缸里的薄冰，舀了几木勺水进铁锅，盖上铁锅的盖子。现在，四毛拿这个蚕匾一样大的锅盖子已经不那么吃力了。不过，他感到自己的肚子里空得要命，就像有个洪荒小人在里面闹。四毛坐在炉膛前，炉火映红了他的脸，他心里想着那包酥糖，四毛想：姆妈会把它吃掉吗？

"四毛啊，四仙桌上面有个饭篮吊着，你看到了吗？"

四毛起身，抬头朝四仙桌上面看去，椽子上一根黑色的粗绳子吊下来的一个铁钩子上，挂着一只竹篮子。

"姆妈，我看到了。"

"你站到骨牌凳上。"

四毛搬来骨牌凳，站了上去。

"我站上去了。"

"你伸手，能拿到饭篮子吗？"

"姆妈，差一点。"

"你脱掉鞋子，站到桌子上，把饭篮子拿下来。"

四毛站到桌子上，够到了饭篮子，他托着饭篮的底，将篮子举起来，篮子的环高过铁钩，将篮子从铁钩上方移了出来。篮子里有一篮底的米饭。四毛连忙伸手去抓饭，米饭又冷又硬。四毛将粘在手上的几颗米饭塞进了嘴巴。冰冰冷，嚼了一会儿，一股甜味从舌头边溢出来。

　　四毛按照妈妈的吩咐，盛了一海碗米饭，放进铁锅里，把剩下的米饭连同篮子一起挂回四仙桌上的铁钩。

　　四毛坐在灶膛前，不时向炉膛内塞几根硬柴。他听见锅里的稀饭沸腾起来了，咕嘟咕嘟地，像是哼着小曲。四毛揭开锅盖，看到米粒在沸腾的泡泡里跳跃，一股饭香扑鼻而来。四毛开心极了。

　　"姆妈，粥烧好了。"四毛冲着厢屋喊。

　　"好的，姆妈进来了。"四大娘一手捧着汤婆子，一手拎着铜脚炉，走进灶间。

　　"四毛，你拿两个海碗，把粥盛出来，我们一起来吃。"

　　四毛按照妈妈的吩咐，拿出两个海碗，盛上两碗粥，捧到四仙桌上。他看到桌子中央，一包酥糖拆开了，饴糖骨子围着白糖块的中心绕成一圈一圈，一共有均匀的两组。

　　"来，四毛，我们一个人一半酥糖，一个人一碗粥。"四大娘将酥糖朝四毛面前推近，"酥糖放进粥里面，很好吃的。"四毛看着姆妈用筷子轻轻一挑，一条细长的饴糖骨子抖落掉身上的酥屑，随着筷子落到了姆妈的碗里。四大娘将剩下的一半连同大面积抖落下来的酥糖屑和挑走那一半的白糖芯子都推到了四毛跟前。四毛用手撮了饴糖条的一头，饴糖条抖落身上的酥屑，随四毛的手，送进了四毛的嘴中，一股芝麻和着猪油和饴糖的香味在四毛的口腔里弥散开来，真香啊！真甜啊！四毛舔着黏在牙齿上的饴糖，直到甜味全部散尽。

　　吃完饴糖骨子，姆妈指导四毛将酥糖屑捏成团，用手轻轻地撮着酥糖屑团送进嘴里，虽然酥糖屑团不像饴糖骨子那么黏性好，但是芝麻味更浓。四大娘把最后留下的白糖芯子夹进四毛碗里，拿过酥糖的包装纸，将剩下的细末抖落进自己的碗里，然后小心地将酥糖纸折叠好，像是要留待以后派大用场似的……

"我真是没良心啊，还以为我姆妈把酥糖吃掉了。"

四

深秋的风，把树上的叶子刮得精光，那些树就像用剃头刀剃了光头一样，秋雨下个不停。地上铺满的落叶黏在泥泞的地上，被踩得不像样子。这些被踩烂的树叶，在树上的时候，也是郁郁葱葱的。姆妈的全身关节像往年一样开始痛起来。说起来也真怪，每到这个时候，她的手指关节就大起来了，突出的，真是吓人啊。

"四毛啊，你大起来了，可以帮姆妈做事体了，我的手啊，一放到冷水里，就痛得咬紧牙关也没有用。"

我记得八岁那年，第一场秋雨落下来，我姆妈开始囤柴。坯房、灶间、厢屋里……凡是遮风挡雨的地方，囤满了草柴、桑柴、硬柴。整个深秋和冬天，我们家的大铁锅不停地烧热水。没有热水，姆妈的日脚是没办法过的。

"四毛啊，谢谢老天爷，你大起来了。你看看你啊，鼻涕挂着，把它擦掉吧，再冷，鼻涕也要擦掉的。它一流出来，你就要把它擦掉。姆妈晓得你冷啊，可是我的手不好啊，也没有给你织一件毛线衫。我去叫秋阿娘给你翻一件丝绵棉袄吧。没有棉袄，这个冬天怎么过去……"我姆妈说了一个秋天，一个冬天，要给我做一件丝绵棉袄，可是她一步也没能迈出家门去。

吃酥糖的第二天，一大早我就被冻醒了。手冰冰冷，脚冰冰冷。整个人就像掉在冰窖里。我们的床是木板床，木板上面铺了一层稻草，稻草上面铺了一层棉花絮，薄的，有些地方一戳就穿了。棉花絮上面铺了一条土布床单。被头的被里子也是棉花絮。一到冬天，它就变轻了，轻得像一张纸一样。床上待不下去，只能起床来。棉毛衫、棉毛裤袖口的边都磨破了，脚脖子和手腕永远都露在外头，衣服冷得像刚从露天冰雪里拿进来的。

我走到姆妈床前，她的床也一样，稻草、棉花絮垫被、土布床单、棉花絮被里子。姆妈把她所有的衣服都堆在了被头上。床上只见衣服不见人。我叫了一声"姆妈"，没有答应，我又叫了一声，还是没有答应。又走近一点，我趴到床头，很响地叫了两声。姆妈在被窝里闷闷地答应了一声，把头从被里伸了出来。

"四毛啊，冷死了，要冻死了。你到隔壁房间去，那里有一只樟木箱子，箱子底下有一套丝绵棉袄、棉裤，你拿出来穿上。有点大，不要紧，穿上就暖和了。"

"好的，姆妈。"

我去隔壁的坏房里，打开靠在墙边的樟木箱。樟木箱盖子很重，打开来，有一股樟木的香味，箱子里全部是衣服。男人的衣服，簇新簇新的。从箱子底下翻出丝绵棉袄、棉裤，紫色的，缎子面子，绒布里子，又软又厚，衣服上面也满是樟木的香味。

姆妈在隔壁喊："四毛，穿上棉袄、棉裤。"

我把棉袄套在身上，大得要命，我的大半个人都罩在里面了，小腿肚子以上全部被棉袄包了起来。不过，身子马上就暖和起来。

"姆妈，棉袄穿上了，太大了呀，这是谁的呀？"我走到姆妈床边。

"大肯定大，暖和吗？"姆妈把头从被窝里钻出来。

"嗯，很暖和。"我伸开手臂给姆妈看，"你看袖子，我的手也伸不出来了。"

"你走过来一点。"

我紧靠姆妈的床沿，姆妈伸出双手，给我把棉袄袖子卷了起来，卷了好几卷。

"四毛啊，今年冷得要冻死了，我只碰到过一个冬天这么冷的。再冷下去的话，你穿上姆妈的套鞋，到朝北埭，去找一个叫游大勇的，大家叫他'油豆腐'。"

"姆妈，我去找'油豆腐'干什么？"

"你去就是了。"

"我不去。姆妈，我不去，我去烧水。"

一想到去灶膛前烧水，我就觉得身上又暖和起来了。你肯定不晓得，那天多冷啊！我打开灶间的门，我们家的屋檐下，挂着有我半个人那么高的冰凌，森森发光，像杀猪的尖刀一样。

我拨开灶膛里的灰，还有热气，抽了一把稻草，对折，松松地打个结，用火柴点着了，把它塞进灶膛。稻草点着了，火苗蹿起来，又塞进一把稻草，火势被压了一歇，马上又蹿了起来。接着塞进几片硬柴。灶膛前面真暖和啊。

我给姆妈冲了汤婆子，把她脚炉里的灰倒掉，换上新灰，用火钳从灶里夹出烧红的木炭，断成几小段，放在灰上面。我把汤婆子和脚炉送到姆妈的床上。

这一天，我一直在灶间里，不停地烧水，还烧了一锅粥，不敢让灶里的火灭掉。

中午的时候，太阳挂得老高，照得我们家门前挂着的冰凌发出刺眼的银白色的光。但是太阳一点热气也没有。姆妈起床了，捧了汤婆子来到灶间，我们一起吃了粥，没有菜，只有粥。我在坯房的坛子里又摸了一包酥糖。像前一天一样，酥糖分成两半，姆妈把糖芯都给了我，我甜得要命，在粥里放了一点盐。

我们就这样过了四天。第五天，天转暖起来，姆妈给了我一角钱，让我到镇供销社买一点酱菜。

我穿着那件紫色织锦缎的棉袄，实在太大了，姆妈在我的腰上系了一根绳子。

去供销社的路上，行人都在看我，到了供销社，里面的人看见我哈哈大笑起来。他们说："四毛，你穿得像个新官人啊。这根绳子不好、不像，把绳子解下来，这样就像小新官人了，哈哈哈……"我看到他们哈哈大笑的样子，心里气得要死，不过他们是大人，骂，骂不过他们，打，打不过他们，我板着脸，不理他们。他们笑得更加起劲了，还叫别的人都围过来看我。

回家的路上，我越想越气，恨不得把供销社的人都打一顿，恨不得把身上的棉袄踩进烂泥里。可是，踩进烂泥里，"你不是要挨冻了吗？"在冰雪覆盖的路上，我小心翼翼地走着，一个脚滑，让我差点摔了一跤。就在我平衡好自己，在路上站定，看着周围白茫茫一片的时候，有个声音不停地在我的心里说："把棉袄踩进烂泥里，你不是要挨冻了吗？"一开始我还以为有个人在对我说，可是环顾四周，没有一个人影，我想，这一定是老天菩萨在开悟我。

"美琴，说来奇怪，这次以后，我被人嘲笑过无数次，但是我都不怎么难过了，后来，就完全不难过了。我想，让别人笑笑有什么关系呢，只要我不冷。他们笑笑就笑笑，最好他们开心。只怕他们笑了也不开心。"

我拎着一瓶酱菜回到家，看到厢屋的四仙桌上，放着一袋米。
"你大伯来过了。"姆妈的脸上挂着笑容。
这袋米，我们吃了一个冬天。

"美琴啊，那个时候，我们真的苦啊，日脚过得苦啊。"

"你姆妈真遭罪啊！那件紫色的织锦缎棉袄，你穿了多久呢？"

"年年都穿的，穿到里子都烂了，丝绵都打结了。后来，丝绵裤子也穿上了。其实，这是袁家老四的衣服，就是我姆妈冲喜的那个男人的。姆妈本来不想给我穿的，怕我染上晦气。可是晦气敌不过挨冻啊。姆妈说，还是不挨冻要紧啊。你看，美琴，我穿了这衣服，也没有什么晦气。"

"呸、呸、呸，不要说这些不吉利的话。"

"美琴，我这几天胃口怎么这么好呢？讲起那年冬天吃粥、吃酥糖、吃酱菜，就想再吃一块鸽子肉。"

"吃吧，这些都是给你吃的，为你烧的。"李美琴将一块去了骨头的鸽子肉喂进四毛的嘴里。

"美琴，鸽子肉这么好吃，它的蛋味道怎么样呢？"

"鸽子蛋没有吃过，鹌鹑蛋吃过，很好吃。"

"我倒是觉得鸡蛋最好吃。白水煮鸡蛋，要煮得恰到好处，剥开壳，冒着热气的鸡蛋，光洁滑嫩，晶莹剔透。熟鸡蛋特有的香味随着热气一起飘出来。咬开头上的蛋白，香气更浓了，再咬一口，金黄色的蛋黄就露出来了，再咬一口，里面的蛋黄还没有变硬，橘红色的，软软的，全部的香味都在这里面……"四毛滔滔不绝地说着，陶醉在吃鸡蛋的情景里。

"四毛，你最喜欢吃的什么酥糖啊、鸡蛋啊，都是最一般的东西。"

"是啊，现在看起来是一般，特别是酥糖这样的东西，很多人还不喜欢吃。可是那个时候啊……美琴，你知道对我一生影响最大的是什么？"四毛神秘兮兮地问。

"你说的是人还是……？"

"说出来啊，你肯定不相信。"袁四毛停了一下，卖个关子似的看着李美琴。

"哎呀四毛，你又卖关子给我啊？"

"是鸡蛋！"

五

走过空荡荡的操场，从清河镇完全小学走出来，我走在前头，姆妈走在后头。我闷头走，不说话，走得很快。穿过桑树地的小路，是一条机耕路，沿着机耕路走一段，向右，是镇上。但是我不想回镇上，我想走得远一点，远得见不到一个认识的人。所以，我就从机耕路拐上一条田塍。走上田塍，麦浪一阵一阵地翻滚着，我的眼泪止不住地往下流。我走得很快，不想让姆妈赶上我，不想让她看到我哭。

我只是不小心抬脚的时候碰到了她的屁股，不小心的，我怎么会去踢她呢？她骄傲得要死，一天到晚抬了个头，翘了个屁股，跟只孔雀一样，谁敢去碰她啊。

"四毛，你看，你抬头看看，现在的太阳有多大。"姆妈走得也很快，只要天不冷，她的手脚就灵便得要命。

"像面盆一样大吧。"我抬起头来，看到挂在西北方天空的太阳，又红又大，血红色的。我从来没有见到过这么大、这么圆、这么红的太阳。

"我看出来啊，有蚕匾那么大。"姆妈说。

我也觉得它有蚕匾那么大。

"四毛，你要是不高兴去学校读书，就不去了。"姆妈说。

我只是不小心碰到了她，老师就这样说我，他们一直就看不起我。我刚刚上学的时候，和人打过架。男同学在滚铁环，我也想去滚，可是他们不让我玩，一个同学说我是垃圾桶里捡来的，另一个同学说我是被人扔掉的，还有一个说我是野种，我给了那个说我是野种的小孩一巴掌、给了那个说我是垃圾桶里捡来的小孩一脚，他们打了我一顿，还去告诉老师……

"姆妈，我不想去了。"我看着眼前的阵阵麦浪，心里难过得要死。我蹲了下来，让膝盖顶住心脏这个部位，两只胳膊紧紧地抱住自己的两条腿。妈妈在我旁边蹲了下来，她扯着脚边的草一句话也没有说，我们就这样蹲了很长一段时间，直到蚕匾一般大的太阳落到麦田下面……

那一年我十一岁，上三年级。我们在屋子旁边的桑树基地上开了一片菜园子，种了番薯、青菜、萝卜、四季豆、番茄、茄子。

有一天我到李明家去玩。

李明是我最要好的同学，他不爱说话。上学的时候，我们两个一起回家，路上走在一起，我们有时一句话都不说，就是并排走在一起回家。

李明的妈妈问我："四毛，你不去上学了？"

我说是的。

她又问："你在家里做什么呢？"

我说我们种了点菜。

"另外做点什么呢？"

"另外啥也勿做。"

她好像是想了一歇吧，把我带进里间，压低声音说："李明的外公生毛病了，他很久没有吃鸡蛋了，很想吃鸡蛋，你能帮我们去马鸣小队拿鸡蛋吗？"

我说可以的，马鸣小队我去过的。

"大路走进去，到马鸣，数过去第四户人家，是玉香家，以前，外公吃的鸡蛋都是他们家送来的。"

李明的妈妈给了我四角钱，叫我去玉香家拿二十个鸡蛋。拿回来送到她家后，她给我五分钱。

第二天一大早，太阳刚刚露出头，我就朝马鸣小队走去。走了大概一个多钟头，马鸣小队里静悄悄的，我在第四户人家门口的矮埭门前使劲咳嗽了一声。走出来一个梳着发髻的女人，五十来岁，头发梳得铮光，腰间系着一条蓝胶花布围兜。

"这是玉香家吗？"我问道。

"是的。"她回答。

"李明的妈妈叫我来拿鸡蛋。"

她连忙把我拉进厢屋，向外面看了看，又把我拉进灶间。

"你叫什么名字？"

"大家叫我四毛。"

"李明妈妈要拿几个？"

"二十个。"

"你等一下。"她让我在厨房的四仙桌旁坐下来，给我倒了一搪瓷杯茶，转身朝灶间北门走去。

过了一会儿，她提着一只篮子出来了，篮子上面盖着厚厚的砻糠。

"李明妈妈说，李明外公很久没有吃鸡蛋了。"我对着她说，"以前都是你们家送过去的。"

"嗯，四毛，你叫我大姨。大姨跟你说，你不要跟别人讲到我们家里来拿鸡蛋哦，我在砻糠上面再盖一层草，有人问起来，你就说出来割草。"

"好的，大姨。"我仔细听她说话，因为她说话的样子很郑重其事，像是交代大事体。我把她的话全部记在心里，"李明的妈妈叫我问你，二十个鸡蛋多少钱？"

"自己的鸡生的，要么自己吃，另外也没有出路，三角钱。"大姨说着转身去羊棚里拿羊草。

我从裤子内袋里摸出三角钱，这个内袋是前一天晚上姆妈缝上的。我把三角钱捏在手里。大姨把盖满羊草的篮子递给我，我把三角钱递给她。

"四毛，你下次来的时候，拎着这个篮子，再拿把割草的镰刀。"大姨说。

美琴啊，这就是我的第一笔生意，我也不知道为什么要问大姨二十个鸡蛋多少钱。我要是不问，就不会有后来的袁四毛，你说是吗？第一笔生意，我就赚了一角钱，还有五分钱跑腿费。所以，我很喜欢问人家这个问人家那个，有些人嘲笑我问的问题，觉得我脑子有问题，这么简单的问题需要问吗？有些人嘴巴上不说，但是我问问题的时候，他们看着我的眼光，我看得出，是在取笑我，他们一定在心里说：这个木头！这都要问一问！我不管他们取笑、嘲笑，他们根本就不懂，生意是问出来的。

后来，我去大姨家的时候，一路割草过去，我专门拣那种汁水多的奶水草，这种草，羊最爱吃，吃这种草的羊，肉嫩。我想，反正要提篮的，空着篮子去，还不如提一篮草去。大姨喜欢我，我去羊棚里倒篮子里的草的时候，她总是摸着我的头说："四毛，你真乖，你大起来有出息的。"

有一天我在常山渠道旁边的坡上割草，张福叙很凶地问我做什么，我说割草。他说你割草做什么，我说喂兔子。他说你们家养兔子吗？我说养的。他气急起来，走到我跟前，板着脸说："你老是跑到马鸣小队去，有人说你搞投机倒把。"我根本不知道他说什么，就说："我没有偷鸡，也没有盗耙。"他气得要命，要来夺我手上的篮子。我一闪身，二话不说，拎起篮子，飞快地朝家里跑去。

"姆妈，张福叙，张福叙……"我上气不接下气地说，"追来了，你跟他说，我们家的兔子跑掉了。"

过了几天，我姆妈在屋子旁边用木板搭了一个棚，养了两只兔子。

从那时候起，我就专门搞"投机倒把"了。鸡蛋、鸭蛋、咸鸭蛋、活鸡、活鸭……有人要买，有人要卖，都来找我。我是这个镇上第一个挣到一万块钱的人，那时候叫万元户。

"嗯嗯，那时候听别人说，想挣钱啊，脸皮就要厚，看那个袁四毛，他是万元户。"美琴想起别人谈论袁四毛时候的样子。

六

"脸皮厚一点薄一点有什么关系，脸皮当不了饭吃。这个道理啊，我从穿上袁家老四的那套丝绵棉袄这天起就悟到了。美琴，你说，我要是脸皮不厚一点，怎么娶得到你？"袁四毛拉过李美琴的手，轻轻地握着。四毛的手粗糙厚实。

"四毛，你那个时候是万元户，是镇上最有钱的人，想跟你好的人很多，你为什么偏偏看上我呢？"美琴和四毛对这个话题总是乐此不疲。

"这个啊，要从那一天开始说起。那是一个夏天的下午，太阳快落山了，你穿了一条淡蓝色的连衣裙，头上戴着一顶宽边的草帽，草帽后面拖着一条淡紫色的飘带，从我工厂的门口经过，像一朵云一样……从那个时间开始，我就在心里发誓，一定要追到你。"四毛说着，美琴看着四毛认真说话的样子，两个人的手握在一起。

"我跟姆妈说，我喜欢上了朝南埭的李美琴。姆妈问我是哪一个。我说是半仙阿婆的孙女儿。她问我是大的那个还是小的那个。我说大的。姆妈说，四毛啊——"四毛每次讲到这里，都要停顿一下，美琴也习惯了，耐心地等着他讲下去，"半仙阿婆的大孙女长得漂亮，人呢温柔孝顺。不过，四毛啊，你有没有听人说过一句话啊？"

"什么话啊？"

"癞蛤蟆想吃天鹅肉。"

"姆妈啊，癞蛤蟆为什么不能想吃天鹅肉呢？"

"哈哈哈，四毛啊……"

"癞蛤蟆想吃天鹅肉，就说明这只癞蛤蟆是一只有理想有追求的癞蛤蟆……"

"我姆妈被我说得笑了起来，她说，四毛你啊，墨索里尼，总有道理。"四毛说着话咳了起来，李美琴连忙伸手轻轻地拍他的胸口。

"歇一会儿吧，我们等会儿再说话。刚才说的时间太长了。"李美琴说。

"好的，不过美琴，你回答我一个问题好吗？"

"你问吧。"

"讲真话，我姆妈说得没有错，我长得这么难看，美琴你真的喜欢我吗？"

"姐姐，你有没有注意，那个袁四毛一直在盯着你看。"李美琴回过头去，看见奶白色门头的厂房门口，袁四毛直定定地站着。

"人家站在那里，说不定正好有事情，等人。"李美琴拉了拉李美萍的衣角，"不要回头去看。"

"他真的一直在盯着你看。"

"看就让他去看呗。"

"你看他，脸孔这么大，脖子又粗又短，眼睛眯眯细，看上去不像个好人。"

"好人坏人写在脸上啊？你电影中毒了吧？"

"你看他，整天把头弄得精光滑塌的，像个上海滩里的流氓一样。"

"又是电影里看来的吧？你没听奶奶说，头发梳得光，是讲究。头势要清爽。"

"讲究？哼，穷讲究。"

"穷讲究？穷都讲究，那不好吗？况且他不穷，他都有自己的工厂。"

"有工厂很了不起吗？"

"当然了不起啊！这个镇上谁有自己的工厂啊？"

"张福叙也有。"

"张福叙那个是镇办的工厂。"

"袁四毛那个是校办厂啊！"

"校办厂倒灶了。"美琴说，"袁四毛把它买下来了。"

"袁四毛啊，你把校办厂接过去吧。"镇上新上任的工办主任叫王家伦，长得又矮又胖，舌头像短半截，说话又快，不竖起耳朵听，一时半会儿听不明白。

"什么？"袁四毛睁大眼睛。

"校办厂不行了，办不下去了，你把它接过去。"王家伦提高了音量。

"校办厂办不下去了，镇上为什么要找我呢？"这些年，袁四毛是赚了一些钱，但是一会儿抓投机倒把，一会儿割资本主义尾巴，整天都是提心吊胆的，别人看你的眼神也是深有别样意味的。做什么事，不多个心眼怎么行呢？这世界，会有什么好事落到你的头上？袁四毛总是在心里对自己说："袁四毛，天上掉下饼来，十个里面砸中九个，剩下一个没被砸中的就是你。"

"因为啊，你口袋里有钞票。"王家伦掏出一支烟，给自己点上，吸了一口，"拿那个什么的话来说，就是叫资本，你有资本。"他又抽出一支烟递给袁四毛。

"我把它接过来？接过来做什么？"有钞票，嗯，有资本，王主任说的倒是实在的。

王家伦被袁四毛问瘪了，又深深地吸了一口烟。

"你不是在和'益民'做生意吗？"

"是啊。"

"'益民'是什么？大企业！大企业是什么？大企业是资源。这就是叫有资源。"王家伦吸了口烟，"你可以再给他们做点配套加工——五金件啊、塑料件什么的，都可以的么。"

"这种东西我做不来。"

"哪个人生下来就做得来的？"王家伦又掏出一支烟来。袁四毛看着他点上，深深地吸了一口。两个人沉默了一会儿。"你考虑一下吧，像你现在这样做点倒来倒去的生意，总归欠缺一点，也不是长久之计。"

"做五金件、塑料件这些配件，也要有技术的呀，没有技术啊！"

"找嘛，找人嘛。有资金、有资源，条件已经算蛮好了，技术么，找技术人员，都是可以找的，总找得到的，我们这里高中生不少啊！"

"王主任，"袁四毛寻思了一会儿，"你刚刚说的这个……这个接过去，怎么个接法呢？"

"校办厂有一万多块钱的债务，人嘛都走掉了，还剩下三四个，你要的话，可以留下来，如果你不想要，镇上另外想办法安排。"

"你的意思，一万多块钱的债我来还，这个厂就算是我的了？"

"差不多是这个意思吧。"

"张福叙前段时间把镇上的灯具厂吃下了？"

"张福叙不是吃下了，他是承包的。"

"什么是承包呢？"

"承包就是厂给他经营，交给镇上承包费，产权不是他的。承包期满以后，要收回的。如果想继续经营下去，要重新谈承包条件。"

"他为什么不吃下来呢？"

"他的资金、资源都不像你那么好，镇上也想再看一看……"

"那杨洪亮呢？"

"杨洪亮是租赁。"

"什么是租赁？"

"就是镇上拿出一个场地租给他，做什么自己决定，说白了就是只交房屋的租金。"

"你的意思，校办厂不是承包也不是租赁？一万多块钱的债我还掉，这个厂就是我的了？"

"差不多是这个意思吧。"

"王主任，差不多不行的。"

"你要是愿意接手，镇上可以和你写个协议。"

"我考虑一下。"

"只有三天时间。"

"好。"

从镇工办出来，穿过一个废弃的小操场，向右拐上一条沿河的堤坝路，袁四毛捡起一片碎瓦片，侧过身子，举起瓦片向河面劈去。河面上"唰唰唰"劈出五个水波。"倒来倒去总归欠缺一点，不是长久之计。"四毛满脑子都是这句话。

"一台电冰箱多少钱？"

"一千多一点。"

"你一张条子要卖多少钱？"

"一百块钱。"

"一张条子百分之十，太黑了。"

"可是，没有条子就提不到货啊。"

"到底是卖冰箱还是卖条子啊？"

"冰箱。"

"那为什么要有条子？"

"我也不晓得啊！规矩不是我定的呀，人家要冰箱，要冰箱先要有条子，要买冰箱只好先搞条子，我只好先弄来条子……"

"他妈的！原来么，电风扇、脚踏车要条子；现在么，电冰箱、电视机要条子！"

大家都在骂这些条子，对于搞得到条子的人，恨得要命，但是又不得不找他们要条子。是啊，既然电风扇、脚踏车现在已经不要条子了，那么，以后电冰箱、电视机肯定也不用条子了。那条子的生意就做不成了。条子生意做不成了，那么做什么呢？

张福叙能够承包灯具厂，杨洪亮能够租赁厂房做皮鞋……

袁四毛穿过青石板的街道，在白铁铺前面停了下来。他看到铺面门口堆满了大大小小的水桶、各式各样的漏斗、勺子、簸箕……李小毛身上系着一个围兜，站在屋子中央发呆。

　　"李小毛。"袁四毛叫了一声。

　　"万元户啊。"李小毛乜了四毛一眼，冷冷地说，"买什么东西？"

　　"不买什么。"袁四毛走进店铺，四处看着，"你的店开了多少年了？"

　　"具体多少年说不清楚，我爷爷手上传下来的，几十年了。小本生意，养家糊口。不像你，做大生意。"李小毛将一双糙手插在皮围兜的口袋里。

　　"现在大家都用塑料桶了，又轻便又便宜，我看你这个店要开不下去了。"

　　"塑料，哼，便宜！"李小毛鼻子出气，"你倒不说它有毒？用不了几天就坏掉？现在的人，也不知道怎么了！"李小毛本来就瘦长的脸拉得更长了。

　　"怎么了？买的人多，你说怎么了！你再说塑料不好也没有用，唉——形势比人强哪！"袁四毛不想和李小毛争辩，说着走出了白铁铺。

　　白铁铺对面是布店。布店的门槛比镇上其他所有店的都要高，袁四毛怀疑这个布店，以前是个当铺。店里的墙四周嵌着上下两层的木柜子，一卷一卷的布竖着插在柜子里。以前，姆妈最大的心愿是到布店里扯上几尺布，给自己、给四毛做点衣服、裤子。

　　"现在，还有几个人进布店啊？"袁四毛站在布店对面，远远看到柜台后面，一个烫着波浪头的女人在飞快地打着毛衣。以前布店生意好的时候，她们不停地举起手拿下钢丝上飞过来的铁夹子，从夹子上取下票子，那样子是很神气的。

　　这个镇上，好像所有的女人都会织各种各样的毛衣、毛裤、围巾、尼龙袜子……她们把乱七八糟的线头理出来、接起来、洗干净、晾干、绕成线圈，用两根或者四根竹子或者铁丝做成的针起头，一批又一批、一片又一片，前片出来了，后片也成了，袖子出来了，收好口子了，乱七八糟的线头变成了有模有样的衣服、裤子、袜子、围巾……她们就这样织啊、织啊，把日脚织进去了，把东家长西家短也织进去了，把对家里人的爱、怨或者恨都织进去了……

她们真会织啊！

哪怕布店关门歇掉了又有什么关系呢？她们照样织。

袁四毛看得出了神。

拐上白铁铺旁的一座石桥，沿着鱼行街走一段，便来到了清河和运河的汇合口。站在码头装卸货物的平台上，袁四毛望着运河宽阔的河面。夕阳正在西下，金色的光芒洒在河面上，波澜微皱的河面上染上了金光。傍晚的微风吹拂着河岸的杨柳，翠绿丰腴的线条在风中摇曳。四毛感觉到自己的内心在滋长一种力量。

七

"他在那边，田塍那一边，快点追过去。翻过那个坡，他就要坐船逃掉了。"张福叙手上挥舞着桑树条，指挥着一群没有面目的人，乌泱乌泱朝着自己追来。袁四毛觉得自己喘不过气来了，弯下腰，在麦田里蹲了下来。还没等气缓过来，一双大脚出现在自己的眼前。袁四毛浑身一惊，抬起头来……

"快跑啊，快跑啊！"袁四毛浑身扭动着。

"四毛，你醒醒，快醒醒。"

袁四毛艰难地睁开眼睛，看到李美琴正焦急地看着自己。

"美琴啊，我做了一个晚上的梦。"

天已经大亮。是个阴天吧？光线轻柔的，慵倦的，像是被阴云挡过几道以后才艰难到达的样子。

"一个晚上的梦，都是有人在追我。我先是在河滩上逃，后来在麦田里逃，后来又逃到河坝上。追来追去都是张福叙，他后面总是跟着很多人，这些人没有五官，但是有脸。一张张没有五官的面孔，他们乌泱乌泱地跟在张福叙的身边。我逃啊逃啊，逃得喘不过气来，只好蹲下来，一蹲下来，总有一双大脚在那里，我只好立起来继续逃，我逃啊逃……"

"四毛，你慢点讲。先坐起来，我给你洗洗脸，漱漱口，吃点东西。"美琴连忙放下手中的饭盒，伸手去扶四毛坐起来。四毛病号服的后背上都湿透了。美琴又摸了摸四毛的裤腰，也湿透了。李美琴的心沉了下去。

给四毛换好衣服，吃了几口稀饭，洗了脸、梳了头，四毛的样子精神了一些。美琴突然看到四毛眼神中的一丝光彩。她心头不禁一惊：是自己以前没有认真看过四毛，还是这场病改变了四毛。她在心中努力回忆，努力去抓取记忆深处那些对四毛印象深刻的瞬间，但是她只记得他圆滚滚的脸，因为脸上过多的肉挤占而剩下一条缝的眼睛。吃惊的时候，四毛总是努力睁大眼睛，像是鼓胀的豌豆撑破了豆荚。

美琴出神的当儿，主治医生带着几个医护来巡床。

"晚上总是做噩梦，醒来浑身湿透。"李美琴替嘴里含着体温表的四毛说着。

"体温三十七度，有点偏高，不过还算正常的。说话的时候吃力吗？"

"说得多了吃力的，胸口的气上不来。"四毛说。

"嗯，少说话，多闭目休息，元气恢复还要一段时间。"医生看了看四毛的舌苔、眼白，叮嘱了几句。"家属有空的时候到医生办公室去一下，上次手术单上一个地方要补签个字。"

送走医生，李美琴回到病床前，四毛靠在厚厚的靠垫上，双眼微微闭着，眼袋的颜色很深，似乎积累得太久，这颜色恐怕永远也褪不去了。

"美琴，美萍给你回信了吗？"

"还没有，她可能还没有看到信息吧。"

"美琴啊，难道是我这个姐夫做得不好，有什么问题吗？为什么美萍不声不响地走！有时候，我对她说话的口气是有点重，不过，我总还是很注意的。"

"一开始嘛，我也有点怪你的，我想啊，美萍这个人自尊心那么强，你有时候跟她说话，口气那么严厉，她肯定……不过后来想想，她这次不声不响走啊，跟你没关系，美萍虽然自尊心强，但是好歹她是分得清的。她这个人啊，从小就不切实际，自说自话。"

"我姆妈也说我自说自话。"四毛笑了起来。

"她的自说自话和你不一样的。"美琴把方凳搬到四毛的床头，让四毛躺下来，向上掖了掖他的被角，"我讲一件事情给你听听。"

那一年我八岁，刚刚上学。美萍比我小两岁，那一年她六岁。

春雷响过以后，天气慢慢转暖了，我们家门前的竹林郁郁葱葱，没有被挖出来的春笋长成了新竹。奶奶打算天气再热一点的时候，找漆匠来，把我们家的大门漆一遍桐油，顺便把她的棺材也漆一遍。要按照我妈妈的说法，奶奶是想把她的棺材漆一遍，顺便把家里的大门也漆一遍。

前一天晚上，雷打个不停，雷电交加，天下起了瓢泼大雨。早晨，天空格外晴朗。竹林、桑树、白墙黑瓦的房子、水泥路面、石板桥，一切都像被清洗了一遍，我从来没有见过这么干净的村子。吃过早饭，我去上学，爸爸妈妈出工。下午，我们陆续回家的时候，只见奶奶站在门口，神情像热锅上的蚂蚁。

"美萍不见了，我寻遍了，从吃中饭时候开始寻，寻来寻去寻不着啊。"我奶奶从来都是个从容的人，这次却像换了个人似的。

我们分头去找，香香家，米仙家，红娟家，一直找到村子的最东头。姆妈站在前进桥上，扯着嗓子喊："美萍——美萍——美萍——"

太阳一点一点地向西沉下去，天空的云层一点一点浓起来，天空下的树、田、地、道路、河流、桥都变得颜色越来越深了。从长山河桥上望过去，西边的一大片田里，盛开着紫色的三叶草花。暮色越来越浓，紫色也越来越浓，浓得就像要和天上的黄昏去会合似的。姆妈的叫声里夹着哭音。

"美萍——美萍啊——美萍——你在哪里——"

远远的，我大伯挑了副担子从机耕路上走来。他的担子上，前面露着一个黑黑的脑袋，后面装着复合饲料。美萍在箩筐里睡得正香。爸爸气得要命，从筐里抱起美萍，正要打她的屁股。美萍睁开眼睛，看着爸爸说："爸爸，我看到山了，我已经快要走到那里了。"

我爸爸说："你乱讲些什么？是不是发烧了？我们这里哪有什么山啊？"

"有的有的，广播里说的，瓶窑那边有座山，一到春天，满山都是杜鹃花，整座山就变成了一座紫红色的山。今天早上，天空透亮透亮的，我看到山在那里，就朝它走去。"

四毛你看，美萍有时候就是这么想入非非，不切实际。但是我奶奶喜欢她。奶奶说美萍是个不一般的孩子，她坐在门槛上听广播喇叭里讲事情，转身就把喇叭里说的事情说给奶奶听。她听到喇叭里放的歌，听了几遍就会唱给奶奶听。

"美萍的确聪明伶俐。"

"聪明的小孩子不好养。我姆妈总是担心她。有时候姆妈会说：美萍啊美萍，你的心到底在什么地方啊？奶奶总是替她说话，奶奶会说：心远一点有什么不好？只要回得来。"

四毛你说说看，美萍是不是想入非非？我们这个地方，哪里有什么山啊？

"唉，这一次，也不知道她又看到什么山了？"

四毛轻叹了一口气，闭上眼睛。

八

天还蒙蒙亮的时候，四毛就醒了。躺在医院的病床上，分不清白天黑夜，分不清什么时候是清醒的，什么时候是睡着的。只是梦特别多。怎么会有那么多梦呢？梦到底是个什么东西呢？四毛想。有时候，梦里的人和事情是真的，比如说张福叙、张福叙追自己；有些就完全是没有来由的，比方说张福叙身后那些没有五官的人。他们到底是谁呢？四毛觉得奇怪的是，为什么自己的梦里很少出现美琴呢？

"美琴，你跟我好吧。"四毛在美琴下班的路上等她。他等她已经有段时间了，但是一直不知道怎么开口。后来，他想，干脆就这么说吧，直接、简单、明白，自己本来就是这个意思。

"你说什么？"李美琴看着袁四毛，一脸惊愕。

天哪！这么明白的话她难道没有明白，袁四毛决定说得更加坚决一点。

"我要跟你谈恋爱。"

"我还小呢。"美琴说完，低着头绕过袁四毛，飞快地跑了起来。

袁四毛望着美琴奔跑的样子，心中更是欢喜。

四毛拿着刮胡刀的手，感觉有点虚弱。他望着镜子里的自己：消瘦、疲乏。

"美琴，你跟我好吧。"四毛等在美琴下班的路上。

"我还小呢。"美琴这次不跑了。

"你不小了，你都上班了。"四毛说。

"那是因为我爸爸生病了。"美琴说。

"上班了就不小了。"

"我要问问我妈妈。"

四毛看着镜子里的自己，笑了起来。我要问问我妈妈。他在心里想着这句话。四毛刮干净稀稀疏疏的胡子，将头发按照以前的样子梳成三七分，他觉得自己精神了一些。换下病号服，穿上入院时穿的那套西装，四毛轻手轻脚地走出了病房。

"美琴，你这几天心事重重的，碰到什么事情了吗？"母亲将米饭盛出来，摆在每个人的位置前。美琴拿着一把筷子分给大家。奶奶坐在朝南的位置上。

"姆妈，我觉得自己还小。"美琴没头没脑地说。

"姆妈晓得，你本来还应该在读书的。"

"不是，我说的不是这个意思。"美琴端起饭碗，尽量让饭碗遮住自己的脸，"那个袁四毛……"她说着停顿了一下，眼光扫视了一遍饭桌上的另外三个家庭女性，放低了声音说，"他要和我好。"

"袁四毛！"美萍惊叫起来，"我是说嘛，他老是在看你啊！姐姐，对吧？"美琴看了妹妹一眼，没说话，眼神默认了。

"他那个样子，胖得——眼睛都看不到了，眯成一条缝。"美萍接着说。

大家沉默下来。

"美琴，你怎么想啊？"朝南坐的奶奶打破了沉默。

"奶奶，我觉得自己还小。"李美琴说。

"小不小的，另外一回事，和从前比，你不小了。我们那时候，十二三岁做新娘子的多的是，你十八岁了，不小了。"奶奶牙齿掉得差不多了，牙床间磨着饭菜。

"他的面孔啊，像汤婆子那么大！"美萍说。

"美萍，没有问你，你不要说话。"奶奶板起了脸。

“我么，”美琴划拉了一口饭，让饭含在嘴里，含含糊糊地说，“我要问问姆妈。”

“美琴姆妈啊，女儿问你呢。”奶奶平时话不多，这天说了很多。

“我还没想过这件事情呢。”美琴的母亲，邻村一个普通人家的女儿，中等个头，鹅蛋脸，双眼皮，典型的南方人的鼻子——鼻尖有一点肉肉的，嘴巴也是周正的。当年媒婆说亲，家里同意了，她也就同意了。嫁到李家，肚子不争气，生了两个女儿，心里一直愧疚，但是老太太不在意，丈夫也不在意。

“现在女儿来问你了。”奶奶又说道。

“姆妈，你说吧。美琴，问问奶奶。”老太太和丈夫都不在意生了两个女孩，打心眼里，美琴的妈妈都愿意听他们两个的。现在，丈夫病重在医院，全靠老太太在。

“美琴，你愿意听奶奶的吗？”

“奶奶，我听你的。”美琴低着头吃饭。

“你答应袁四毛吧。”

“为什么？”美萍轻轻地惊呼起来，张大嘴巴看着奶奶。

“叫你不要说话！”奶奶严厉地看了美萍一眼。

“可是，奶奶……”

“四毛是这方圆几十里最了不起的人。”没等美萍说完，奶奶便用不容置疑的口吻说道。

“了不起？”

“嗯，了不起。孤儿寡母，创下这样的事业。”奶奶瞟了美萍一眼，“不要只看表面，表面好看有什么用？”

“姆妈，你叫美琴答应袁四毛，袁四毛比美琴大很多啊。”待两个女儿离开饭桌，美琴妈妈跟婆婆讨论起来。

"也就六七岁，相差不大。"

"美萍说的有点道理，四毛的长相，和美琴是不大配的。"

"她姆妈啊，长相能当饭吃吗？这个家，我的日子不多了。你丈夫——我儿子——孩子的爸爸，不要怪我讲得难听——日子也不多了……以后你们三个人，三个女人家，没有袁四毛这样的人来当顶梁柱，恐怕房子要塌下来、天也要塌下来呢。"

"美琴，你跟我好吧。"四毛等在美琴下班的路上。

"我问过我姆妈了。"美琴说。

"你姆妈怎么说啊？"

"我姆妈说要问问奶奶。"

"那……你……问过奶奶了吗？"

"问过了。"

"奶奶怎么说的？"

"奶奶说，你答应袁四毛吧。"

"奶奶！奶奶真的是这么说的吗？"袁四毛简直不敢相信自己的耳朵。半仙奶奶！怪不得叫半仙奶奶！清河人讲清河有两个厉害的女人，街上那个是阿七嬷嬷，乡下那个是半仙奶奶。

四毛望着晨露中这棵硕大的樟树，树冠郁郁葱葱，露水将树叶洗得苍翠欲滴。粗壮的树干，要两个大人合抱吧？四毛会心地笑了，想着当年在这里等美琴下班。

"奶奶说，奶奶说……你答应袁四毛吧。"美琴自然而然地说这句话，四毛的眼睛里顿时噙满泪水。他曾经默默地想：美琴，你跟我好吧，这句话也许要说第一百遍，美琴才有可能被我的诚意打动，要说一千遍，美琴才有可能同意。没想到半仙奶奶……

在四毛的心里，被人拒绝是平常的、正常的，他看起来，这个世界就是这样的，至少这个世界对自己就是这样的。他觉得自己要做一件事情，被拒绝一百次也是正常的，一千次也是可以忍受的。

四毛将手撑在樟树粗壮的树干上，泪水湿润了眼眶。

"四毛啊，姆妈日脚差不多了。"

从樟树后面的一条小径往北走，是一些零星的房子。很久以前，一些外来的人家不知道什么原因，留在这个镇上，大部分是摇船从运河里来的。他们就在这个地方搭起稻草棚、盖起泥瓦房，后来稻草棚泥瓦房慢慢地都变成了砖瓦房。袁家给四大娘的房子也在这里。

"姆妈，你的日脚长着呀，后头都是好日脚了呀。"

"四毛，姆妈开心的，姆妈谢谢你……"

姆妈的眼泪顺着眼角滚落下来。四毛的泪水像决堤的河水。

"四毛，姆妈谢谢你……"

四毛推开斑驳的木门，门没有上锁，已经有些歪斜了。厢屋里满是蜘蛛网，蜘蛛线在晨光里闪烁着银色的光。四仙桌还是摆在屋子的正中央，四张条凳围绕在桌子的四面，周周正正地摆放着，像是在等待客人的到来。四毛想起当年冰天雪地里，自己穿着袁家老四的紫色缎面丝绵棉袄，被人嘲笑，气鼓鼓地从供销社回来，看到这张四仙桌上放着一袋米的情景。

就凭这间房子、这套棉衣棉裤、这一袋米，我姓了袁家，也是应该的。四毛想。

那张竹椅子，放在门口一角，长年累月，被母亲坐成了绛紫色。她坐在这张竹椅子上缝衣裳、织毛衣、织毛裤、织袜子、织围巾、洗衣裳、梳头、掏耳朵……她坐在上面晒太阳，手上捧着汤婆子，脚下踩着铜脚炉……母亲这辈子，原来大部分时间是在这张竹椅子上度过的，这么说来，这张竹椅子才是跟她最亲的！四毛后悔当时没给姆妈烧了带去。

四毛沿着小径往回走，在大樟树这里绕过去往西，从这里一直往西走，可以走到运河和清河汇流的码头。走过码头往北过一座桥，就是朝北埭。

九

在家和医院之间来回奔波，李美琴的心头，总是有一个旋律，她试图哼出来，却怎么也哼不出来。这个旋律，似乎只停留在她的脑海里，就是到达不了她的喉咙。

"美琴，你见过这东西吗？"四毛拿出一个像鞋盒一样大小的东西。正面有两个喇叭，四周是绿色的镶边，脊上有好几个摁键。

"这是什么？没见过。"

"这叫收录机，可以听收音机、可以放磁带、可以录音。"四毛摁下一个键，一阵轻快的音乐响了起来。"这是在播放磁带。"

"甜蜜蜜，你笑的多甜蜜，好像花儿开在春风里，开在春风里……"轻柔的音乐，温柔的女声，无比清晰地从机器里面传出来。这歌声就像一个温柔的女人在对人娓娓道来。在美琴的人生经验里，从来没有听到过这么动人的歌声。美琴的记忆中，有两首歌曲让她感动过。一首是《闪闪的红星》里的歌。

"小小竹排江中游，巍巍青山两岸走，雄鹰展翅飞，哪怕风雨骤……"高亢的男高音响起来的时候，画面上是一个男人，撑着竹排顺流而下，两边掠过的是巍巍青山……

另一首也是《闪闪的红星》里的歌。潘冬子的妈妈，深夜坐在烛光前，给冬子缝补衣裳，她边缝边唱："夜半三更哟盼天明，寒冬腊月哟盼春风……"

为了这两首歌，美琴和美萍两姐妹，先是在清河镇礼堂里看《闪闪的红星》，后来周边哪个地方放《闪闪的红星》，就到那里去看，最远到过十五里以外的另外一个镇去看。

"她叫邓丽君，是台湾最有名的歌手。泰国、马来西亚、日本，很多国家的人都喜欢她的歌。"四毛边说边从抽屉里拿出一盒磁带。封面上是一个微笑着的女人。

"你看，就是她。"圆脸，明眸，红唇，齐肩的短发乌黑柔顺。脸上带着盈盈的笑意。洋气而又温柔。美琴看着封面上这个叫邓丽君的女人，心头升起一股莫名的自卑。这是来自另外一个世界的女人，自己这样的人是永远都不可能像她那样的！

"真漂亮啊。"

"我最喜欢这首《甜蜜蜜》。"

"四毛，这些东西听得吗？"

"听得，有什么听不得。"四毛停了一下，"不过要偷偷地听。我在福建买录音机和磁带的时候，福建人跟我说：躲在房间里听就好啦，不要叫别人一起来听，不要开了大门听，记得要拉上窗帘……"

"躲在房间里听，还要拉上窗帘，那就是偷偷摸摸听，偷偷摸摸……是不是就是听不得啊？"

"美琴，偷偷听，就是听得啊。你想想看，以前，卖个鸡蛋，还不是偷偷卖？卖个鸡啊鸭啊，不都是偷偷卖？现在呢？不都可以光明正大地卖了？"

"四毛啊，你真有一套道理啊！"

"我姆妈老是说，四毛啊，你是墨索里尼，总有道理。"四毛笑了，美琴也笑了起来。

"好听吗？"

"听倒是好听的。"

"小城故事多，充满喜和乐……"

"你说过两天来看我，一等就是一年多，三百六十五个日子不好过，我心里头已经没有你……"

美琴沉浸在一首一首的歌曲里，甜美的声音，从来没有听到过的曲调，有意思的歌词……突然，"啪"的一声，播放键跳了起来，把美琴从歌声中惊醒。

"这？……"

"一面放完了，要换一面了。"四毛说着，摁了另外一个键。

"我换一个给你听听。"四毛说着，从抽屉里拿出另外一盒磁带，放了进去，又摁了播放键，一阵"刺啦刺啦"的声音响过以后，一个男人的嗓音响了起来。

"时光一去永不回，往事怎能回味，忆童年时竹马青梅，两小无猜紧相依偎……"一个男人的声音，像是抽烟抽多了那种。

"他叫张帝，是个急智歌王。"

"什么叫急智歌王？"

"他反应特别快，观众随便说个什么词，他现场就可以用这个词来编唱一首歌，现编现唱。比方说，现场观众说漂亮这个词，张帝就会用漂亮这两个字唱首歌。"

"还有这样唱歌的啊？"

"是啊，美琴，外面的世界和我们在这里看到的很不一样。"

美琴看着眼前这个男人，她想：奶奶说的是对的。

后来的日子里，美琴经常会在一些没有来由的时候，心头猝不及防地响起一些旋律来，或者在嗓子眼哼哼出一些曲调来。这些天，萦绕在心头的那个旋律是什么呢？

"时光一去永不回，往事怎能回味，忆童年时竹马青梅……"美琴唱出了歌词。

"四毛，你说，我们这个地方算小城吗？"

刚刚听完邓丽君的歌，走在街上，阳光照在溜光的青石板上，泛出青色的光。美琴和四毛并排走着。一路上，美琴感到无数双眼睛用异样的目光迎着他们、送着他们。

"袁四毛，癞蛤蟆还真吃上了天鹅肉。"

"世道变了，有钱，什么事做不成？"

"李美琴，还不是看中他的钱？"

……

"不算吧。"

"那，我们这个地方算？……"

"算小镇吧。"四毛伸出手，牵住李美琴的手。美琴的手纤细柔软。四毛每次牵住她的手，心中总是生出无限的怜爱。就算为了这双手，也要加把劲！他每次都这么想。以前，他也跟自己说：四毛，你要加把劲。那是因为这世人的眼睛，连正眼都不曾给过他们母子俩一个。这世人的嘴巴，都跟他说：不！不行！不能！不可以！不可能！……

四毛的手厚实、温暖。

小时候，也被父亲牵过手，父亲的手宽大、粗糙、干燥。每次被他牵着的时候，总是被捏得紧紧的。美琴不得不小跑步才能跟得上父亲的步子。四毛的手伸过来，将她纤细的手牵住，一股暖流就会流过美琴的心田。美琴就想：让他们去说吧。

"小镇和小城有什么不一样呢？"李美琴问。

四毛沉默了一会儿，说："小城么，说三道四管闲事的人少，小镇么，评头论足管闲事的人多。城么，洋派点，镇么，土气点。"

"四毛——"美琴沉默了一会儿，还是问了，"你喜欢这个地方吗？"

"怎么说呢，无所谓喜欢，也无所谓不喜欢，你生在这个地方，也就没得挑了。"

"嗯。"美琴望着清河两岸翠绿的垂柳，心里想：我也一样，无所谓喜欢，也无所谓不喜欢。

"我心里烦躁的时候，最喜欢到这个地方来。看着来来往往的船，我就想，有出去有进来，有来有往，来来往往，多有希望啊！我的心情就会好起来。"

袁四毛和李美琴站在清河码头的装卸平台上。

"你看，美琴，清河穿过整个镇，在这里汇入运河。这里的河面，一下子变得那么宽，你从这里望过去，看不到尽头。"

美琴顺着四毛手指的方向望去，一列长长的拖船，正缓缓地远去……

"其实一个地方，就是这么一点、一点大起来的。"

美琴从柜子里取出双喇叭收录机，轻轻地抚摸着按键，然后重重地摁下播放键。既没有邓丽君的甜美声音，也没有张帝的沧桑烟嗓，就连"刺啦刺啦"的磁带空转声也没有。

美琴心如刀绞。

十

"四毛啊，这大半天的，你跑到哪里去了？打你大哥大，也没有人接。"美琴在病房里，像热锅上的蚂蚁。见四毛回来，连忙迎了上去。

"美琴啊，对不起让你担心了，我没事，一天到晚躺在病床上，闷死了。"四毛说着脱去外套。美琴接了过去，给四毛换上白底蓝条的病号服。

"四毛，美萍来信了。"美琴给四毛垫好枕头，让他舒服地靠在枕头上。

"美萍？来信了？真的来信了？"四毛背刚靠在枕头上，一下子坐直了身子，"写的信？"

"不是的，BP机上留的言。"美琴搬了一把椅子，在四毛的床边坐了下来，"你看。"说着掏出了摩托罗拉BP机递给四毛。

"姐姐、姐夫，我一切都好，不要记挂。"四毛念着，"就这几个字？"

"嗯，就这几个字。"

"也不说去哪儿了。"

"是啊，不过，她发这条信息，也算是报了平安，至少说明她没事。"

"美琴啊，美萍她一定是有事啊。"四毛说，"她一定是去办什么事了。"

"我的意思啊……"

"我知道你的意思，她是安全的。"四毛叹了一口气，"可是一个姑娘，单身一个人在外面……如果她真遇到了什么事，我怎么向你爸爸和奶奶交代啊？我答应过他们的啊！"

"四毛啊，你和美琴今天成婚了，你要叫我一声爸爸了。"四毛和美琴结婚，按照袁四毛的意思，要把清河镇最好的饭店包下来，请来县里最好的厨师，把美琴她们村里所有的人都请来。

美琴的爸爸和奶奶都反对这么做。他们两个主导了这场婚礼——在四毛厂里的食堂里，摆了四桌酒，把袁家的亲戚和美琴家的亲戚叫在一起。

"奶奶、爸爸、妈妈。"四毛穿着一套毛料的藏青色西服，雪白的衬衫，一条紫红色的缎料的领带系在他粗短的脖子上，让袁四毛看起来既有点庄重又有点滑稽。美琴身着一套领口和袖口镶着蕾丝边的大红色真丝裙子，一头乌黑发亮的大波浪长发披在肩上，将她的鹅蛋脸映衬得无比美丽。

"袁四毛真有福气啊，找到美琴这么漂亮的老婆……"

"就是啊，四毛还是有本事……"

"四毛、美琴，来——"美琴的爸爸一手拉过美琴的手，一手拉过四毛的手，将他们两个的手放到一起，"来，牵着手，执子之手，与子偕老。你们要恩恩爱爱一辈子。"他的眼里泛着泪光。

"她爸爸，今天是美琴和四毛大喜的日子，你要高兴啊。"美琴奶奶嘴上这么说，眼里也是含着泪。

"今天啊——"美琴的爸爸站到食堂工作人员给他准备的一个木台阶上，提高嗓门冲着所有来喝喜酒的亲朋好友举起了手中的酒杯，"是我最高兴的日子，美琴找到了她的丈夫，我的妈妈找到一个孙子，我和我的爱人找到了一个儿子，美萍呢，找到了一个哥哥，请在座的亲朋好友举起你们手里的杯子，干了杯中的酒，祝福四毛和美琴。"美琴的父亲是村里的"文人"，村里人文书上的事情都找他，可是他一辈子都没有说过那么多文绉绉的话！这个地方，文绉绉只适合在书面上，书面上就是要文，最华丽最肉麻的文都可以，不过要是讲出口来，那是要被人笑话的。但是这次，他像下定了决心似的，要在这个日子里，将他心中最诚挚的语言说出来。让清河的人笑话自己文绉绉好了！

他举起酒杯一饮而尽。

袁四毛望着木台阶上满脸通红的岳父，这个将自己的女儿交给了他，将自己的全家托付给了他的男人，这个将自己当成儿子看待的病入膏肓的父亲，眼中满是泪水。

"爸爸！"袁四毛走到岳父的前面，双膝跪地，朝着美琴的爸爸响亮地磕了个头，"你放心吧！我会对美琴好的。"

"四毛。"岳父走下台阶，将四毛拉了起来，"起来，男儿膝下有黄金。爸爸没有看错你，爸爸放心的。"

校办厂的食堂里，已是一片唏嘘……

给岳父磕过头，袁四毛又拉着美琴的手来到大伯跟前，美琴恭恭敬敬给大伯的酒杯满上酒，四毛将满了酒的杯子双手捧了，递到大伯手上，随后从美琴手中接过一杯满上的酒，双手举到齐眉处，弓了腰敬大伯，嘴里只是短短几个字："大伯，谢谢你！"随即将杯中的酒一饮而尽。仰头的那一刻，四毛的脑海中满是四仙桌上那一袋大米。大伯和同桌的袁家亲戚每个人的眼中满含泪水，纷纷举起酒杯干了杯中酒。他们何曾想得到，给老四冲喜，结果冲来这么个没有任何血缘关系却又姓了他们袁家的四毛，今天他成了有头有脸的人，有了自己的家！

　　"四毛啊，这个家，马上就剩你一个男的了，要辛苦你了，家里四个女的，都交给你了。"四毛和美琴结婚没过一个月，美琴重病缠身的父亲就去世了，留下母亲、妻子和两个女儿。

　　"爸爸，你放心吧，你安心吧，我会照顾好她们的。"四毛握着丈人的手，就像握着自己父亲的手，他想，父亲的手一定就是这样的吧……

　　"四毛啊，奶奶没有看错你，奶奶早就说过，四毛是我们这方圆几十里最了不起的男人。"奶奶指了指停在屋子中央漆了无数遍桐油的棺材，"奶奶就要去了，去躺在那里睡觉了。美琴呢，温柔体贴懂事，我放心的。美萍呢，心野得很，她妈妈和她姐姐都拿她没办法的；不过呢，美萍聪明，走正道的话，会有出息的，奶奶只好托给你了……"

　　美琴的父亲去世后的第二年，奶奶也离开了她们。

　　"奶奶，你放心吧，你安心吧，你要去和爸爸在一起了，你和爸爸好好的，我会照顾好妈妈的，我会对美琴好的，我会管好美萍的。"四毛握着半仙奶奶瘦骨嶙峋的手，想着姆妈每年天冷的季节突出的指关节，心里一阵一阵的酸痛。

　　"四毛，好孩子……"奶奶的手从四毛的手里滑落下来……

四毛躺靠在枕头上，想着奶奶和丈人的临终嘱托，眼泪湿润了眼眶。

"美琴，你去办几件事情好吗？"

"四毛，你说吧。"

"第一件事呢，你给美萍的 BP 机办一个全国漫游，然后给她发一条信息，就说家里有要紧的事情，让她赶紧回家来；第二件事呢，你等一下去厂里，叫民丰到我这里来一趟。"

"好的，四毛。"

"哦，对了，你叫民丰把我中间抽屉里用牛皮纸包着的一包东西也带到这里来。"

"好的，四毛，先吃点早饭好吗？"

"好的，美琴。"其实袁四毛并没有胃口，"你又给我带什么好吃的？牛奶的话，我是不吃的哦。"他笑着看着美琴。

"知道你不爱喝牛奶，不过也不是酥糖。"美琴逗着四毛，"你猜猜看是什么？"她举起保温饭盒。

"鸽子汤。"四毛说。

"再猜一遍。"

"鸡蛋羹。"

"好了，不猜了，来，闻一闻。"美琴打开保温饭盒的盖子，将饭盒伸到袁四毛的鼻子底下。

"是茶糕啊！"一股熟悉的香味扑鼻而来，袁四毛感觉到自己口腔里的味蕾被激活了，口水瞬间盈满口腔。

"是的，我一早就去茶糕点排队了。"

"美琴，你真好。来，快点快点，我们一起来吃。"四毛坐了起来，张开嘴，等着李美琴将茶糕送到他的嘴里。

十一

民丰从顺德回到清河镇后，袁四毛就把他叫回了厂里。

民丰说服袁四毛上了一条塑料胶条的生产线，为冰箱、冰柜、微波炉厂家做配套，生产线上马第一年，就做了一百多万的产值，成为清河镇产值最大利润最高的企业。这个以前生产刀片的校办工厂，挂上了"清河塑胶厂"的牌子。袁四毛正式任命民丰为"清河塑胶厂"的副厂长，分管技术、生产和销售。

"民丰啊，厂里都正常吗？"

"厂长，厂里一切正常。杨波去上海了，日本三菱株式会社的人在上海等着看我们的样品。"

"太好了，民丰。要请他们来厂里考察，一定要促成这个合作。"

"好的，厂长，我会尽力的。"

"民丰，我今天问你一个事情。"袁四毛招呼民丰坐得靠近自己一些，"是关于美萍的。以前么，我担心说起这些事情你不高兴……当年，镇上有很多人说，你那时候和美萍在搞对象？"

"乱说的。"民丰坦然地说，"我那时候要是和美萍搞对象，还会离开清河镇去顺德吗？"

"那倒是。"袁四毛点头沉思了一会儿，看到民丰欲言又止的样子，"那，美萍……"

"厂长，实话跟你说吧，这个话我跟谁都没有说过……美萍她呀，是看上陈伟了。"

"陈伟？"

"嗯。"

"那……陈伟有没有看上美萍？"

"嗯。"

"陈伟到底犯了什么事？……"

"陈伟其实就是不知从什么地方搞来了一些录像带……"

"录像带？"

"嗯，有点颜色的那种。"

"哦，难怪……"袁四毛若有所思地说,"他后来判了几年呢？"

"六年。"

"这么说起来,快出来了。"

"嗯。"

"在哪里？"

"青海。"

"难道？……美萍是？……"

"厂长,其实,我是想跟你说的,我猜啊,美萍是去青海了。"

"哦,美萍去青海了……"袁四毛像是在自言自语。

"看得出来,美萍这些年……我们这批人心里,其实都有数……"民丰觉得自己有点词不达意。

"哦,哦,好的……好的……"袁四毛也不知道自己的这个"好的"是什么意思。

"抽屉里的东西带来了吗？"

"带来了。"民丰将一个牛皮纸包着的纸包递给了袁四毛。

"民丰,厂里就拜托你了,有事情就给我打电话,也可以到医院来找我,我相信你。"四毛握着民丰的手说。

"厂长,你放心,你一定要好好养病,大家都等着你回去。"民丰动情地说。当年,他从顺德回来,前脚刚进家门,四毛后脚就上门来叫他回厂里上班。那时的自己也不知道哪来的自信——有时候民丰觉得那是虚荣。凭着在顺德打工期间了解的一星半点,就建议上马一条塑料胶条生产线,投入十多万元,袁四毛二话没说就拍了板。开个模具上万块钱,经验不足，连续开了三个模具，厂长是一句埋怨的话也没有，又投入了三万多块钱，才把冰柜的胶条做出来。

"袁四毛这个厂啊，要被民丰弄白了……"清河镇上有些人说。

"几十万元投进去了……过两天啊，工资不晓得发不发得出……"厂里也开始弥漫一种不安的气氛。很多人看民丰的眼神都和平时不一样了。

"厂长，是我太草率了……"民丰垂头丧气地看着车间里堆成小山的报废模具和胶条。

"民丰，不要管这些闲言碎语，做事情总要冒风险的，你不要怕。这不是你的责任，决定是我做的。"袁四毛和民丰一起，整整十五个昼夜，吃、睡在厂里。"我袁四毛本来就什么都不是，本来就什么都没有，我不怕，你更不要怕。"

在民丰和很多清河镇的年轻人眼里，这个脸孔滚圆，眼睛眯细，脖子又短又粗的人，梳着可笑的三七分的头，凭着胆子大、脸皮厚，成了清河镇的暴发户，经常有人说壮胆的话——看看，连袁四毛都能做，有什么做不好的?! 好像袁四毛都能做，清河镇就没有人不能做似的。有时候同伴之间喝酒吹牛，也动不动就说：赚钞票? 谁不会! 只要脸皮厚得像袁四毛那样……知道袁四毛要接管校办厂，还跟在几个人屁股后面跑到镇里去找王家伦主任。

"他接手校办厂? 凭什么?"

"他能接手，我们任何一个人都能接手……"

大家七嘴八舌的。王家伦也不说话，等他们讲得不出声了，便说道："欢迎你们中间的任何一个人接手，也欢迎你们联合起来接手。你们要不要接啊?"

王家伦这么一问，几个人你看看我、我看看你，不说话了。

"为什么袁四毛能接手? 我来给你们讲一讲，因为袁四毛有资金、有资源、能吃苦、肯实干、肯学习、有魄力，这是能做好事情的前提条件。我说这些，你们可能还是不服气，这没关系，我还是那句话，你们谁想接手，想好了来告诉我。"

"这就是魄力吧？舍得出去、豁得出去……"民丰突然领悟到了一种让他感觉到庄严的东西，这种东西让他顿时为自己曾经的轻浮和虚荣感到羞愧，这是精神层面的，它不是蛮力，也不是虚荣，而是破釜沉舟似的，是敢于舍弃一切从头再来的，是不达目的决不罢休的。也就是从那时开始，民丰觉得自己找到了人生这条汪洋大海中的灯塔，有了一种锚定一切的勇气。

胶条做出来了！可是——销路在哪里呢？

"我们用最笨的办法：一家工厂、一家工厂去跑。"袁四毛说，"美琴，你把所有生产冰箱、冷柜和微波炉的厂家都找出来——去买黄页簿，市里的、省里的。我们几个人分工，我去跑市里的厂家，民丰去跑广东的厂家，杨波去跑上海的厂家，如果能够联系上日本的厂家最好，美萍去跑省里的厂家……"

首先是袁四毛打开了局面，他原来给市里的"益民电器厂"销售电风扇、冰箱和冷柜，"益民电器厂"上到厂长，下到采购、供销、车间工人，没有不认识他的。

"益民电器厂"对袁四毛拿去的胶条样品很满意，厂里的总工程师带队来考察也顺利过了关。

"一千台冰柜的胶条！"

"益民电器厂"决定在冰柜上打个翻身仗，两年来，他们已经被周边兴起的乡镇企业在电风扇、电冰箱这些产品上的低价压得喘不过气来。

"没有预付款，没有定金，三个月交货。""益民电器厂"的厂长说，"袁四毛啊，这两年，我们的日子不好过。电风扇、电冰箱这些老产品拼价格，赚的钱发工资都不够。"

"行！不要预付款！没有定金！"袁四毛拍着胸脯说，"三个月肯定交货。"

不要预付款！厂里的流动资金全都投在了生产线和模具开发上，哪里还有钱购买原材料?!

没有定金！做出来后万一益民电器厂又不要了，怎么办？

那段日子，厂子里弥漫着紧张不安的气氛……

"把我这部车子抵押了。"袁四毛拍着那辆银灰色的桑塔纳。这是清河镇第一辆私人小轿车。袁四毛曾经开着这辆车，带着美琴去县里、去省里、去上海……说完这句话，袁四毛就让杨明开了车子去县里。

第二天中午，连续一个礼拜的阴雨停了，烈日当空，猛烈的阳光将连日来降落在清河镇的雨水蒸腾到空中，形成巨大的热气团。当袁四毛从颠簸了一个半小时的长途公共汽车上下来的时候，没走出两步，就昏倒在砂砾混合着柏油的地上。送他去卫生院的人说："袁四毛的嘴巴四周，都是燎泡。"

"只有当年你外公坐着航船从上海回来的时候，才有过这样的景象。"月娥对民丰说。

袁四毛把车子抵押在县农业银行，银行给了五万块钱的贷款。第一批一千台冰柜的胶条顺利交货了！

"益民电器厂"成立了独资的"益民冷柜厂"。"清河镇校办工厂"更名为"清河塑胶厂"。

"益民冷柜厂"的冷柜因为密封性能好、性价比好，在那几年里，成为冷柜行业里的佼佼者。"清河塑胶厂"作为"益民冷柜厂"的唯一胶条配套厂家，成为冷柜生产厂家的首选塑胶配套合作伙伴。

"我们要乘胜追击，民丰，你要带几个人，继续开发新的产品。"袁四毛并没有满足于冰柜胶条这个配套产品，"现在，在电器产品配套厂家里面，我们虽然站住了脚跟，但是，马上就会有一大批这样的厂家出来，他们会用更低的价格和我们竞争。打价格战一定会死掉的。当年，我第一个在清河镇贩卖鸡蛋，后来放开，鸡蛋谁都可以卖了，那些自己养鸡的，价格比我更低，我的鸡蛋就没有竞争力了。'益民'也是一个例子，电风扇、电冰箱，差点被同行的低价搞死，多亏有了冰柜。所以，产品领先一步最重要。"

在袁四毛的倡导下，由民丰领头，"清河塑胶厂"陆续开发了五大类十个品种的胶条产品，为全国八大电器生产厂家提供质优价廉的配套产品。

"销售也不能停，要出去跑，了解厂家的需求，了解产品的最新趋势，不能关在办公室里，不能闭门造车。那个李小毛的白铁铺子，你们都知道的，我老早跟他说，人家都用塑料桶了，他还说塑料桶有毒，容易坏，也不知道现在的人怎么了。他就是不想想自己怎么了。现在怎么样？你们都看到了，倒了吧？再看看清河镇引以为傲的丝厂，曾经多么辉煌，可是现在，你们有几天没有听到它的汽笛声了？……杨波，你要盯着日本的厂家，想办法和他们联系上，争取做他们的配套产品。"

"民丰啊，我再拜托你一件事情。"

"厂长啊，你说吧。"

"你给陈伟写封信。"

十二

办完四毛交代的事情，转去厂里安排了工作，美琴又来到医院。

"美琴，你上次不是问，我姆妈为什么叫我去朝北埭找'油豆腐'吗？"

"是啊，你一直没有去。是不想去吧？"

"我今天一早去过了。"

这是一扇用深棕色的桐油漆过无数遍的高大的门。门板上一些地方的漆已经脱落了，显得斑斑驳驳的。门虚掩着。四毛敲了敲门，等了一会儿，门里没有声响。用力一推，只听得"吱呀——"一声，门开了。

进了门，有一个天井。天井的中间是一条碎石铺成的小道。小道的两旁是久没有人打理的草地。里面杂乱地长着一些花花草草。风把一些植物的种子吹来，鸟把一些植物的种子叼来，落在这个地方，能活的就活了下来。月季花胡乱地开放着，凤仙花也只顾野蛮生长，鸡冠花的花冠，颜色看上去很旧，像老了似的皱巴巴的。狗尾巴草、一年蒿这些，也没有来由地在这个庭院里疯长。左边的杂草中，放着两口大水缸，缸里积满了浑浊的水，水上飘着浮萍。四毛沿着小径往里走。

屋檐下，一张藤编的躺椅。包在椅子脚上的藤条已经脱落，断裂的藤条刺眼地四面散着。像许久不洗头，且永远也没梳过的硬茬茬的头发。

这是一条深褐色的粗呢毯子，四边原本镶着浅褐色的丝绸绲边。绲边的绝大部分地方已经磨破了，露出毛茬茬的粗呢边。一条瘦骨嶙峋的胳膊伸在粗呢毛毯的外面，搁在磨得锃亮的扶手上。

四毛朝毛毯走去。分明看到毛毯在低低地起伏。

"四大娘说过，你一定会来的。"声音从毛毯下面传出来。

"你知道……我……"

"我留着这口气，就等你来。"尽管声音是微弱的，但是语气是坚定了，"四大娘叫我一定要等。"

四毛环顾四周，从廊檐的一个角落搬过来一把竹椅子。

"你一直在这个地方？"四毛问，"夜里，露水这么重。"

"在外面等你，你看得到。"另一只手从毛毯里伸出来，将遮在头上的毛毯往下扯了扯。四毛看到一个消瘦但是仍然厚实的下巴，坚毅地突出着。他的眼睛睁开了一下，又闭上了，仿佛眼皮实在太沉了，他没有足够的力气来支撑。

"你要喝点水、吃点东西吗？"四毛看着这张枯黄干廋的脸。仿佛即将熄灭的油灯，只有眉宇间的一丝气息像油灯的灯芯，还在燃着最后那一点点灯油。

嬴弱的脑袋摇晃了一下，稍停了一下，像积蓄了一点能量似的，紧闭的眼睛又睁开了一次，调整了一下躺姿，朝四毛坐着的一侧倾过来。

"你来了，我也快解脱了。这么长时间，你才来……"

"垃圾堆里捡的。"
"被人扔掉的。"
"野种。"

四毛不知道自己更接近人们说的哪一种。当母亲再三嘱咐他到朝北埭找游大勇的时候，他意识到：自己是其中的哪一个，这个男人能够回答。但是一直以来，他并不想要这个答案——要这个答案干什么呢？——无论是捡来的、被人扔掉的还是别人口里的"野种"，这几者有什么区别呢？

"我……我……我是……"四毛吞吞吐吐地说。

"时间不多了，我快点说吧。"像是已经攒够了力气，他将自己的身子往上顶了顶，让肩膀以上部位露在毛毯外面，这让他看上去精神了不少。

那一年冬天，入冬以后就一直冷，冷得整个清河像被沉到了冰窖里。连着下了三场雪，河面上都结了冰，屋檐下挂着冰凌。小年夜那天，下起了雨。这雨，让清河的路变得泥泞不堪。街上的店铺已经关门了，大家都在为过年做准备。天蒙蒙亮的时候，游大勇像往常每一天一样出了门。

这一天的地，格外难扫。扫到药店门口的时候，游大勇停了下来，他决定抽一支烟，歇一会儿。这时他突然听到一声小猫一般的叫声。循着声音找过去，他看到一个蓝底胶白花的包裹，走近，抱起包裹一看：是个婴儿。孩子的嘴唇已经是深紫色的了。他连忙将包裹抱在怀里，觉得这样还不够，又解开棉袄的扣子，将孩子裹进自己的怀里。

游大勇裹着孩子，想了想，还是朝四大娘家里走去。已经是第四个了。他在心里对自己说。

"四大娘，你一个人，过得有多苦啊！"

"大勇，我倒也不觉得苦。你在街上扫地，碰到没有人要的小孩子，给我领一个来，有个小孩子做伴，倒是好的。没有小孩子的话，小猫小狗也好的。"

"四大娘，有个大人和你在一起，不是更好吗？"

"不可以的，大勇，不可以的，我这个人的命，你想想看啊，袁家老四、三个小孩子……要是有个小孩子活了下来，才好去找大人啊。否则啊，不是害人吗？"

什么狗屁想法！游大勇在心里说。但是他明白，除了让她养一个孩子，没有别的办法。

"大勇，只要捡到，你都给我送过来好吗？"四大娘说，"唉——老天作弄我啊，我到底是阎王派来催命的，还是来接风的！——袁家老四、三个小孩，一个也没有留下……"四大娘伤心地说着。哭了一会儿，她停了下来。

"只要捡到的，你都送来好吗？"

"四大娘，怎么好怪你呢？袁家老四，这个地方的人，谁不知道他们叫你来是冲喜的呀？这三个毛毛头，本来就是不好的，所以人家扔掉了呀。你怎么好怪自己呢？"

"真是作孽啊！"

"作孽、作孽。"

"大勇，这三个毛毛头，都埋起来了吗？"

"都埋好的，埋得很深的，野狗扒不出来的。"

"谢谢你，大勇，菩萨保佑你。"

"四大娘，你是活菩萨啊。"

"我有罪孽……"

"你的命，硬过了四大娘。那么冷的天，你活了下来。你们娘儿两个，真是不容易啊。"

四毛一声不响地听着，太阳不知不觉已经升起来了。阳光照进天井，庭院顿时亮堂起来。游大勇的脸上，也有了一些生气。

"四大娘善终，有人给她体体面面地送终，这个地方，对她有了交代。"

"美琴，你现在明白了吧，姆妈为什么叫我去找游大勇。"四毛说，"我小时候，和那些骂我的人打架，她心里难过的。镇上的人风言风语传来传去，她只当作没听见。以前，我不想去弄清楚自己的来历。不管怎么来的，反正我已经在这里了，我又能拿自己怎么样呢？生了病么，躺在床上胡思乱想的……"

"所以，是游大勇把你抱给你姆妈的。"

"嗯。"

"你姆妈还是让你姓了袁。"

"是啊，不姓袁，又能姓什么呢？"

"包裹里有纸条或者其他什么东西吗？"

"他们两个找过，没有。"四毛说。

"也许，他们自己也活不下去吧。"美琴说，"那个时候，把毛毛头扔掉的，很多的。我们村子里，有一户人家，生了三个小孩，第四个生下来的时候，卫生院的人说这个毛毛头嘴唇赤紫，不太好，有个县城里的人正好来找奶娘，他阿爷就把毛毛头拿去埋了……"

"美琴啊，我昨天夜里，又是乱梦三千。有个梦里，我好像同你一起，立在圣贤桥上，看着桥下的河水，我对你说：美琴啊，你一定要记得，把我老屋里，放在厢屋的那把竹椅子烧了，我要给姆妈带去……"

"四毛，你不要胡思乱想了。"美琴的眼里满是泪。四毛领着自己去见四大娘的时候，她已经躺在床上下不了地了。"美琴啊，我开心的呀！我每日早上一醒来，就在心里跟老天说，全部的罪过都是我的，把账都记在我的头上，一定要保佑四毛。夜里躺到床上，也跟老天爷说一遍：全部的罪过是我的，把账都记在我的头上，一定要保佑四毛。四毛是老天送给我的礼物，我日日跟老天说，求它保佑四毛，真的起作用了，他找了你这么个好姑娘，我开心死了，我放心了……"

十三

这天中午，袁四毛让美琴把游大勇接到了医院。医生一诊断，马上要求将游大勇送重症监护室。但终因多脏器衰竭，第二天早上游大勇就去世了。

袁四毛和李美琴为游大勇办了丧事，将他的骨灰安葬在清河镇的陵园。

"可惜我姆妈的旁边没有墓穴了，否则的话，他们两个住在隔壁，每天可以串串门说说话。这应该是他的心愿。"袁四毛站在游大勇的墓穴前，跟美琴说。

美琴一边流泪，一边用手掌轻轻抚着袁四毛的背。

"哎哟、哎哟，还好、还好，游大勇孤零零一辈子，还有人给他送终。"清河镇的人很久没有说"还好、还好"了。

安葬完游大勇的骨灰，袁四毛就让杨明把自己接到了厂里。三菱株式会社对"清河塑胶厂"提供的样品非常满意，决定几天后到厂里做实地考察。

"杨波，你把情况跟大家讲一下。"

清河镇丝厂经历了几年的辉煌后，在迅速崛起的乡镇企业的冲击下，很快就由盛转衰。正当杨波面临人生第二次选择的时候，袁四毛找到了他。

"回到校办厂来吧，这里本来就是你工作的单位，我们很快就会和日本人做生意的，日语你不白学。"袁四毛虽然读书不多，但是他很会抓住人心。

当年杨波学日语的时候，虽然是"无心插柳"——他只是不想荒废时间，但是内心里，谁不想学以致用呢？当年去丝厂，丝厂说可能马上要和日本人做生意了，今天回到这里，也说马上要和日本人做生意了……但是杨波心里很清楚，会点日语什么也说明不了。

"可是厂长，我只是懂一点日语，没有技术，也不太懂销售。"杨波说着低下了头，脸也不由自主地红了起来。当年，听说袁四毛可能要接手校办厂了，当天晚上辗转难眠，第二天一早就求母亲托关系找了丝厂的领导。对外面的人都说丝厂的丝要卖到日本去，其实怎么回事，杨波自己心里还没点数啊？

"没关系，谁天生就懂呢？你先把日本人在中国卖的电器研究一下，再了解清楚哪些日本品牌在中国有分支机构，有生产工厂，要想办法联系上他们。"

"三菱株式会社上海办事处的负责人，对我们提供的样品评价很高，他们在江苏的合资工厂年内就要开工了，前期是 SKD，就是全散件组装——全部的零部件从日本进口进来，在江苏的合资工厂进行组装。但是第二步呢，他们希望尽快用国产的零部件来替代日本零部件，以降低成本。先从非核心零部件开始，比方说胶条啊、五金件啊这些。所以，其实他们自从进入中国以来，就一直在暗中跟踪研究中国在电器产品上的配套厂家，也知道我们清河塑胶厂……"

杨波说到这里，在场所有人的眼睛都放出了光。

"他们知道我们啊？"

"他们准备什么时候来考察？"

"一个礼拜以后。"

"一个礼拜……也就是七天？"

"对，七天。"

"好。时间够。现在，我来说一下：从现在开始，一、没有休息的时间。二、成立工作组，民丰总负责，下面设三个小组，一个小组负责厂区整体环境提升改造，要把厂房门窗全部粉刷一遍，门窗漆成奶白色的，厂房刷成姜黄色的，车间的地板像益民冷柜厂一样，刷上绿色的漆，办公室和车间门口要装上标识牌，这件事情由杨明来负责；一个小组负责所有的工艺规范和标准的制定及手册的制作，这件事情由杨波负责，有什么搞不清楚的就问民丰；一个小组负责做全厂职工的服装，车间工人做像益民电器厂那样的灰色工装，管理人员做深蓝色西装套装，后勤人员做咖啡色中式服装，这件事情由美琴来负责，傅敏协助美琴。你们每天要把各自的进度报告给民丰，民丰每天晚上八点钟来跟我汇报……"

在座的人拿了笔记本埋头记着袁四毛的指示。

"对了，等一下杨明开车送我到镇里，我要把这件事情向王家伦主任汇报一下。"

"厂长，你这身体……"民丰看了美琴一眼说，"你看，我去汇报合适吗？……"

"不、不、不，我没事，这件事情一定要我去汇报。"袁四毛打断民丰，"汇报完我就去医院，大家各自分头行动。"

在座的人起身离开袁四毛的办公室。

"民丰，你留一下。"

待其他人都离开以后，袁四毛示意民丰关上办公室的门。

"民丰，你给陈伟的信寄出去了吗？"

"厂长，我通过县里司法局的关系搞清楚了陈伟服刑的监狱，已经给他寄了信了。"

"嗯，好的。信里你写了点什么……"

"我给他写了我自己离开清河，去顺德打工，又回到清河的经历。我跟他说，我现在啊在清河镇工作的这个工厂发展得非常好，我们有了五大类几十种产品，全国前八大电器生产厂家都用我们的产品，马上要给日本的电器生产厂三菱株式会社供货了。我们这个厂的名字叫'清河塑胶厂'，是美萍的姐夫接手校办厂以后办起来的……"

"就这些？"

"嗯，就这些。"

"没写美萍在这里？"

"没有……我也不敢确定美萍到底……"

"嗯，有道理，没关系。"袁四毛想了一会儿又问，"信，大概几天能够收到呢？"

"我寄的是航空信，三天就能够收到吧。"

"好的。过两天，你再给他写一封信。"

"再写一封？"

"嗯。"

"写什么？"

"你找一下办公室的傅敏，我听她说，他们读小学的时候，有个同学写过一篇作文，全县获奖的，清河完小全县获优胜奖的就出过这么一篇。你叫她想办法把这篇作文找出来，你把它抄了，寄给陈伟。"

"好的，厂长。"

十 四

"杨明啊，你是清河镇有名的跑步冠军？"袁四毛从镇工办出来，让杨明将车开到清河镇完全小学的门口。两个人沿着完小的操场朝校办厂走去。

"嗯。"杨明笑了笑，"男子一百米和四百米的纪录，到现在都还是我的。"以前，清河镇完全小学的操场跑道上，铺着砂砾，早上在操场上晨跑，脚步踩在砂砾上，发出"嚓、嚓、嚓"的声响。在寂静空旷的清河镇完全小学的操场上，这"嚓、嚓、嚓"的声响显得尤为清脆。杨明总是一边听着自己脚下的"嚓、嚓"声，一边数着自己的步伐。现在，跑道铺上了橘黄色的塑胶，看上去有点不太真实。

"我要是像你那么能跑，就不用吃那么多亏了。"四毛想起当年张福叙追他的时候，自己总是因为跑不过他，不得不滚到沟里去，以至于在梦里，总是被人追赶……

两人又绕到校办厂原址。厂门口，"清河镇校办厂"的牌子还挂着，牌子上的白漆已经斑驳了。"清河胶条厂"成立以后将近一年的时间，这个地方还挂着"清河镇校办厂"和"清河胶条厂"两块牌子，后来，胶条厂在镇东南的汽车站附近建了新的厂区，这个地方就一直空着。

"这个地方，空着真是可惜啊！"袁四毛摸着校办厂的木牌子自言自语。

"是啊，要是在这里办个饭店，生意肯定很好。"杨明说。

"这里办饭店，太可惜了。"

"可惜了？"杨明不明白，这里可是清河镇的中心地带，差不多正对着圣贤桥，每天来来往往的人那么多。不要说别的，就说圣贤桥旁边那个巷子口上，陈美文的奶奶摆了个摊，卖萝卜丝饼，就养活了一家人。

"杨明啊，我知道你在想什么。"四毛看了一眼杨明，"但是我已经想了一段时间了，这个地方，我想派两个用场。第一呢，找一块好一点的大石头放在这里，石头上刻上'清河塑胶厂原址'几个字，以后，所有新到厂里的人，都要先到这里来看一看，让傅敏给他们讲一讲；第二呢，把厂房改造成清河镇的图书馆。"

"图书馆？"

"是啊。"

"图书馆，这是镇上政府的事情……"

"图书馆不一定政府搞，国外很多图书馆都是个人建的。虽然我上学只上到了四年级，小学都没有毕业，但是这些年来，我跟外面打交道，撕心裂肺地明白了知识的重要性，更知道了文化的重要性，所以，我是一刻也不敢放松自己。建个图书馆这件事情，我已经考虑很长时间了……"

"厂长，你是我们的榜样。"

"杨明啊，我知道你说这句话是真心的，可是，在很多清河人的眼里，袁四毛有今天就是胆子大、脸皮厚、运气好……"

"这些人知道个屁，他们就是吃不到葡萄……"

"别人怎么想，随他们去，我也不想改变他们的看法，我原来想在家里搞个图书馆，后来想想把这里改造成图书馆更加有意义，我就是想建

192

一座清河镇的图书馆。"

"厂长，你是要我来办这件事吗？"

"你啊，有很多事要办，再说了，这件事，你办不了，你肚子里，有几本书啊？"袁四毛看了看杨明，笑了起来。杨明也笑了起来。

"第一件事你去办。你到苏州这些地方去转转，找一块好一点的大石头。"四毛站在进门口原来立旗杆的地方，"第二件事呢，就是改造图书馆这件事情呢，你要帮我去找一个人。"

"找一个人？"

"嗯，这个人，是你们的同学……"

"我们同学？"

"嗯，她在镇文化馆上班，叫黄依依。"

"黄依依？厂长，你能不能叫傅敏……"

"不、不，这件事情一定要你去办……"

"四毛啊，你怎么这么迟才回来啊？"

李美琴看见袁四毛走进病房，焦急地迎上去。

"美琴啊，我去了一下老厂里，跟杨明交代了一些事情。"袁四毛说着脱下西装，换上了美琴递过来的病号服，"美琴啊，我真不想再穿这个衣服。"

"我知道，四毛，再坚持穿几天，争取早点出院。"美琴说着，给四毛铺好床，"快躺下来休息一下，不能太劳累了。"

"美琴，你回家看过妈妈了吗？她好不好啊？想想好不好啊？"

"我每天都去的，他们都好，想想整天要找你，我跟他说爸爸出差去了。"

"还是带他来吧，让他看看爸爸也有生病的时候。"

"等你再好一点，带他来。妈妈也想来。"

"妈妈知道美萍的事吗？"

"她不知道，我跟她说厂里让美萍出差去了。"

"美琴啊，你明天带妈妈和想想来吧，我想和妈妈说说美萍的事。"

"对了，美萍今天给我回了个信。"

"美萍说什么了？"

"她说事情还没办好。"

"嗯。"

"你要跟妈妈怎么说呢？"

"我想先和你商量一下。毕竟你是美萍的姐姐，更了解她。"四毛靠着枕头半躺了下来。

"美萍这个人啊，妈妈也知道，自己认准的事情，十头牛都拉不回来。"

"这一点倒有点像我啊。"四毛说着笑了起来。

"嗯，像你。"美琴嗔怪着看了四毛一眼，"不过，你会考虑别人的感受，美萍呢……"

"你这个妹妹美萍啊，有主意得很，"四毛打断了美琴的话，"你觉得妈妈会同意美萍和陈伟的事吗？"

"谁？你说……"

"我说陈伟。"

"那个……陈伟？……"美琴张大嘴巴地看着四毛。

"对，就是那个陈伟。"四毛若无其事地说，"你想，这么多年，大家给美萍介绍了多少人，她一个都没看上，成了清河镇的大龄姑娘她也不在乎，她的心里一定是有人了。"

"那……那个人怎么就是陈伟呢？"

"我问过民丰了，他就是这么认为的，他们以前在一起的……美萍这次去青海，是要给陈伟一个态度。"

"青海？"

"是啊，她一定是去青海了。"

"美萍……要……什么态度？"

"美萍是个有情有义的姑娘。"

"她傻……"

"美萍呀，不傻。美琴啊，当年还有人说你傻呢，看上袁四毛这个被人捡来的、说不清来历的。"四毛冲着美琴做了个鬼脸，"你们两姐妹啊，都是好女人。"

"这个美萍啊……"

"另外啊，我想美萍她也想给自己一个答案。"四毛又说。

"那……你要跟妈妈怎么说呢？"

"没想好。"四毛叹了口气，"要么等美萍回来再说。"

"也好。还不知道会怎么样呢。"美琴想象着妹妹独自一人站在一扇巨大的铁门前，深深地吸一口气鼓足勇气的样子，仿佛又看到了那个睁着大眼睛，一本正经地跟爸爸说"我看到山了"的那个小姑娘。

"美琴啊，你在想事情？"

"哦，想美萍小时候的丑事。"

"谁小时候没有丑事呢，我就特别多。"

"四毛啊，我今天晚上不回去了，在这里陪你。"

"不用，这里睡不好觉，我不会有事的，有事就叫护士。"四毛说，"美琴，你过来，我有样东西要给你。"

袁四毛说着，拉开床头柜的抽屉，拿出一个用牛皮纸包着的纸包。

"这是什么？"

"来，你把它打开。"

"这个是什么……收音机？"美琴打开纸包，看到一个黑色的小盒子。

"不，有点像收音机哈，其实，它叫随身听，洋名字呢叫'我可猛'。你看，这是耳机，插在这个孔里面，把左右两个耳塞分别塞进耳朵里，这样就可以听磁带了。播放的话和那个大的收录机是一样的，摁一下这个键……"

美琴想起当年，四毛从福建买来双喇叭收录机，拉上房间的窗帘，跟自己示范播放时候的场景……

"四毛，你为什么送我这个？"

"第一呢，当然是要让我最漂亮最温柔的老婆用到最最先进的电子产品。其实啊，主要是因为你喜欢听邓丽君的歌，而我们家的录音机呢，已经坏了这么多年了，这几年忙忙碌碌的，都顾不上去修好它，我知道你一直想听她的歌……"

"四毛——"美琴深情地看着病床上的丈夫，泪水止不住地流了下来。

"美琴，不要哭、不要哭。"四毛想坐起来给美琴擦拭眼泪。美琴连忙制止了他。

"嗯，我不哭，我是高兴的。"

"好了，明天还有很多事情，你早点回家休息。路上听听随身听，明天早上呢，我还想吃茶糕，你给我送茶糕来好不好？"袁四毛冲着美琴眨了眨眼。

走出医院的大门，一轮圆月当空，皎洁的月光格外温柔地披在清河镇的身上。美琴回过头来，朝着病房的楼层看去，四毛的房间依然亮着灯。她戴上耳机，摁下随身听的播放键，邓丽君那熟悉的充满柔情的声音像涌上沙滩的潮水涌入她的身体。

"小城故事多，充满喜和乐，若是你到小城来，收获特别多……"

会前会后

一轮像镰刀一样的上弦月,挂在深蓝色的天上,像用黄油布剪出来贴上去的。

天暗蒙蒙，还有最后一丝亮光。村上的人家，连这最后一丝都舍不得浪费。

不晓得是谁家，关起了大门，门臼发出"吱咕吱咕"的声音。"哐——"的一声，大门门闩扣进了槽里。有人家点亮厢屋八仙桌上面吊着的电灯泡，有些人家舍不得点电灯，要么出去串门，要么上楼困觉。

永祥推开边门，走到廊屋下。

风又起来了。这几天吃过夜饭，风就刮得猛起来，吹得场院前面的竹林子"哗哗哗"地响，像起潮头一样。风钻进头颈里，冷飕飕。

秋收秋种结束了。今年晴天多雨水少，收稻晒谷缴粮都很顺利，该碾的米都碾好收好了，多出来的稻谷晒得干燥了，放在稻桶里。羊棚格栅上的草晒干码好，五只羊吃一个冬天，还是不太够，趁着这些日子天晴还不是太冷，要叫小人家再去割一些晒干放好。再过些日子，要去修水利了。修水利结束，要不了几天，就过年了……

想着这些事情，永祥抬头看了看天，一轮像镰刀一样的上弦月，挂在深蓝色的天上，像用黄油布剪出来贴上去的。

洗得发白的深蓝色中山装口袋里，揣着一包"劳动"牌香烟、一盒火柴。永祥平常不抽烟，不过出门的话，袋子里总是会装一包香烟一盒火柴。这个村坊上，大部分男人都这样。

穿过几户人家的场院，走上被风吹得发白的村中小路，拐向右前方，走五六十米，是小队共育室。共育室是一排低矮的平房，最早建起来是为小队养蚕种用的，后来有一段辰光，是小队食堂。靠西面的廊檐下，还残留着一个污泥漆黑的大灶洞，村上的小鬼头，喜欢到这个地方来捉迷藏。共育室东面有一间用木板隔出来的单间，是小队的队部办公室。

办公室中间，面对面摆了两张写字台，台面上的漆全部掉光了，露出木头的本色。抽屉也不好使。写字台两边，各摆着两张长条凳。靠窗口，有一只煤球炉。煤球炉和烧水的铝壶，都是闻队长从家里拿来的。不出工的时候，闻队长喜欢坐在队部办公室里吃茶、抽香烟、有时候看看不晓得什么时候的报纸。

队部办公室里，昏暗的灯光明明灭灭的，电压总是不稳。

"传达大队会议精神。"永祥和雄方还没坐稳，闻队长就说起来。

"有什么指示啊？"雄方敲敲打打地拉开一个抽屉，拿出一个皱巴巴的牛皮纸包，伸手撮了些茶叶，尽量均匀撒进三个搪瓷杯子里。三个白色搪瓷杯子的杯身上，分别用红漆写着他们三个人的名字。杯子是大队开会发的。杯壁里面积着厚厚的茶垢。

"吃支香烟。"闻队长到得早，发好煤炉，烧开了水。他从黄军装上衣口袋里掏出捏得皱巴巴的"劳动"牌香烟壳子，抖出三根香烟，递给永祥和雄方各一支，自己那根塞到嘴唇中间。

闻队长没当过兵，黄军装是有一年人武部发的。他总是穿，草绿色已经洗成土黄色了，衣领子也磨开了花，他也舍不得脱下来。

永祥从衣兜里掏出火柴，"嚓——"地划亮了，给闻队长和雄方先点上烟，最后给自己点。火已经烧到火柴屁股了，永祥连忙将烧弯了身子的黑炭梗扔到地上，照着拿火柴的拇指和食指吹了几口气。

闻队长提起冒着热气的铝壶，在三个搪瓷杯里洒上开水。一股红茶的香气飘散开来，共育室小队办公室里顿时香了起来、热了起来。

"今年修水利，不是小搞搞，要在福崇附近开一条河，要搞一个规模很大的水利工程。"闻队长吸了一口烟。

"嗯，好几年前就说起过，看来真的要动起来了。"

"大队传达公社指示，冬修水利开工之前，要弄一弄，震慑震慑，不要让人到时候钻空子、搞破坏。"闻队长猛吸了一口烟，"今天会上点我们小队的名了，说我们不重视，思想意识有问题，叫我们把没有开的会都开了。"

永祥和雄方一边抽烟，一边端着搪瓷杯子喝茶。茶太烫了，两个人呶起嘴巴，对着杯子沿"呼呼呼"地吹气。吹几口气喝一小口茶。

"吹什么吹，呼呼呼地，说一说么。"闻队长不耐烦地将烟蒂扔在地上。永祥从兜里掏出"劳动"牌香烟，敲出一支递给闻队长。待闻队长接了，又将自己还燃着的烟蒂递上去。闻队长接过烟蒂，找准自己嘴唇间的香烟摁上去，"吱吱"吸了起来，脖子那儿的青筋一鼓一鼓的。嘴上的香烟点着了，他随手将永祥的烟屁股丢在地上，伸出脚用鞋底碾了碾。

"开就开嘛。"雄方说。雄方是小队会计，也姓闻，初中毕业，算盘打得"噼里啪啦"，全县珠算比赛拿过名次。雄方个头不高，但是肩膀宽，背和胸部厚实，鼻梁笔挺，眼裂很开，有点像蒙古人。

"开嘛。"永祥又敲出两支烟来，一支递给雄方，一支放进自己的嘴唇间。永祥擦了根火柴，先给雄方的烟点上，再给自己点上。

永祥不姓闻，姓朱。这个小队，闻是大姓，朱是第二大姓，其他陆啊、姚啊、沈啊……都是小姓，祖上从外头来的，多半还是逃荒来的。永祥在小队里代表的是这些小姓人家。

"开嘛肯定要开的，怎么个开法呢？"闻队长呷了一口茶，眼皮垂着，也不看另外两个人。

"听队长的。"雄方说。

"队长你说吧。"永祥说。

"拢共三家，不、不！不好叫三家。准确来讲，是一家两个人……哦，不是两个人，是一个半人。子法家，富农；姚老师，右派；小山，知识青年，爸爸姆妈是右派，只好算一半，一小半……一家、一个、一小半个……"

"我们村是落后，连个地主都没有。"雄方喝口茶，杯子放回桌上，又抽起烟来。

三个人咧开嘴笑了起来。

闻二小队是从闻家队分出来的，以闻子法家旁边的机耕路为界。原来子法这一支的闻姓是大户人家，支上的大部分闻姓人家留在了闻家队，只有子法一家划到了闻二小队。

"严肃点，继续开会。"闻队长收起笑，板起脸。说完这句，自己又笑了起来。

"不好再笑了。"闻队长收住笑，"早点开好会，早点回去。雄方老婆等歇要寻到队部来了。"

三个人又笑了起来。

"只好开子法家的会，没有办法。永祥，会散后你到子法家里去一趟，通知一声，安排安排会怎么开法。"

"我去一趟没有问题，明天会怎么开法，今天要先商量好，我负责去通知。"

"嗯。时间嘛，定在吃好夜饭，五点半光景，天暗落来了，还没有黑干净。地点嘛，就定在子法家门前的场院上。形式嘛，叫子法家里派出一个人，立在廊屋下。场院上立一些人，多立几个……嗯，再叫人喊几句……行不行啊？"闻队长既是生产队长，又是三个人中最年长的。中等个头，眼裂和雄方一样开，抬头纹深得皱起来能夹死蚊子。闻队长讲话的时候，香烟抽得很凶，"哦，对了，还要标语。大队开会的时候，指示要搞几条标语。"

"标语什么内容？"雄方问。

"打倒地富反坏右，这是一句。还有一句……"闻队长说话间，伸手去掏上衣口袋，从里面掏出个手掌大的小本子，将食指放在舌头上舔了舔，"兴修水利，利国利民。叫子法明天开会前写好。"

"写在什么地方？"永祥办事体，是顶叫人放心的。

"'打倒……'嘛，写在子法家西面这堵墙上，'兴修……'嘛，写在共育室朝河边这堵墙上。"

"哎哟，字勿少，永祥你要早点去通知子法，说不定他要加夜班。子法这个人讲究啊，字写得不好，他要涂掉重新写过的。"雄方说。

"还有一桩事体，最后一桩。"永祥看出雄方的意思，强调"最后一桩"，"喊几句，喊什么？叫谁带头哦？"

"喊——就喊打倒地富反坏右嘛！带头？……雄方你带头。"闻队长笑眯眯看着雄方。

"我？"雄方瞪大眼珠子盯着闻队长。

"你不高兴带头啊？那就叫你老婆。你老婆嗓门大，声音蛮好听，喊起来隔壁小队都听得到。"

永祥"嘿嘿"笑起来。雄方板起面孔。虽然雄方只比闻队长小六岁，但是闻队长长他一辈，照理雄方要喊闻队长叔叔。心里不高兴只好板起面孔，嘴上不好说什么。

"开句玩笑嘛。"闻队长说，"不过，叫谁起头呢？叫小鬼头吧，红小兵……玉林？玉芬？炳坤？……"

玉林和玉芬是永祥的一儿一女。玉林十二岁，长得像永祥，浓眉大眼、头发浓密、四方脸盘。玉芬长得像永祥老婆：鹅蛋脸、皮肤黑，眼睛不大不小，双眼皮，鼻梁笔挺，鼻头有点翘起，嘴巴不大不小正好。永祥老婆和永祥一样，高个子，身板笔挺，讲起话来，眼睛总是看着你，不紧不慢的样子。

炳坤是雄方的儿子，比玉林大一岁，一看就是这个村子里的闻家人，和雄方像一个模子里刻出来的。

"他们三个呢，你们肯定是不同意的。要么叫建兴。建兴在学校里好像当点小头头的。"闻队长说。

"好的、好的，叫建兴。"雄方说。

"好、好，建兴合适。"永祥说。

"那么建兴这桩事体，雄方你去落实。"闻队长说。

"好吧。"雄方叹了一口气。

"落实不了，明天开会的时候，只好你自己来了。"

雄方打开队部办公室的门，永祥跟在他身后，前脚后脚迈出门槛。

风小了，空气却更加冷了。两个人不约而同耸起肩膀，把头缩进脖子。月牙下的白场，灰黑蒙蒙的。有个小人的影子，远远的，像是在踢石子。

"像是玉芬。"永祥叫了一声，"玉芬——"

小人听得叫声，转过身向两人走来。

"你来做什么，污泥漆黑的。"永祥问。

"我来等你啊，爸爸。"玉芬随即又喊了一声，"雄方伯伯。"雄方只比永祥大一岁，他们不是同姓，说不好辈分。

"玉芬啊。"雄方答应道，"那么永祥，我先走了，你去子法家吧。"

"嗯。"永祥答道，牵起女儿的手和雄方分开了。走出几步，他停了下来，对女儿说："玉芬啊，你先回家去，我有事情要和子法说。"

"爸爸，我和你一道去。我不听你们说事体，我去看看菊红。"玉芬说。菊红是子法的小女儿，和玉芬同岁，她们两个是完小的同班同学。

"菊红怎么啦？"

"菊红今天放学的时候，书包被明峰掼到地上，还踩了两脚，菊红哭了。"

"明峰为什么要掼菊红的书包？"

"明峰要偷看菊红的作业，菊红用手遮了起来。明峰骂菊红四类分子，把她的书包掼在地上。"

"明峰不好，这样不好。"

开门的是子法。厢屋里，子法姆妈坐在墙边的一只板凳上摇纺车，子法老婆坐在八仙桌旁的条凳上织一条线裤。子法手里还捏着一股稻草。八仙桌上头的灯泡，发出幽暗的光。

"两个小人呢？"永祥问。

子法两个女儿，菊香和菊红。菊香比玉林大一岁，菊红和玉芬同年。

"在楼上写毛笔字。"子法说。

子法字写得好，钢笔字、毛笔字都写得好。小队里写标语、写贴出来的通知，都是子法写的。有时候，大队上重要的标语口号，也是叫子法写的。子法按照大队上给的字条，把标语口号写到墙上，大队里派个民兵跟在他的身边。闻家队有人说：分小队分出子法去，害得闻家队标语口号写得好的人都没有了。

"玉芬你到楼上去看菊红写字吧。"永祥撒了女儿的手。玉芬朝灶间旁边的楼梯走去。

待楼梯上的脚步声停了，永祥开出口来："子法啊，大队上批评我们小队了，闻队长刚刚传达了精神，拖不过去了。"

"哎呀，是拖了很长辰光了。"子法说，"那么，定什么时候呢？"

"明天吃过夜饭。"永祥说，"要商量一下，谁站在外头。"

"永祥啊，我给你去泡杯茶。"子法老婆说。

"不用、不用，我刚刚在小队里喝过。"永祥说。

"我来。"子法姆妈梳着发髻。昏暗的灯光下，她的额头看起来又光又亮，脸颊却凹陷得更深了。子法姆妈嫁过来的时候，是这个村子最齐整的新媳妇。子法爸爸一次批斗后，吐血死了，子法姆妈就瘦了下来。表面上，子法姆妈走路稳稳当当，从来不东张西望，两只眼睛只看脚底下的路。一般她不跟人讲话，如果要讲话，清清爽爽，没有一个多余的字。

"姆妈，肯定我来啊。"子法说。

"我来。子法，不要争了，我来。"子法姆妈站起身来，掸了掸身上的围兜，坐到八仙桌旁的条凳上。

"姆妈，我是男人家。"子法说。

"你是男人家，我们屋里只有你一个男人家，全靠你，不好每次都让你去。"子法姆妈看了一眼儿媳妇，"媳妇是吧？要省省劲用子法的。"子法姆妈说话间笑了起来。

"姆妈，你吃不消的。"子法说。

"有什么吃不消的？吃得消。"子法姆妈不由分说，"永祥啊，这一次，头颈里要挂东西吗？"

"挂是肯定要挂的。"永祥垂下眼皮，"不过，挂什么呢，我们商量一下。"

"挂牌子有点重。"子法姆妈说，"挂鞋子么实在太……"

"我看，要么挂一串乒乓球。"永祥说。这个主意是永祥突然在脑子里冒出来的，他在报纸上看到过这样的照片。

"乒乓球好，乒乓球分量轻。"子法眼睛里放出光来。

"不过，哪里有那么多乒乓球呢？"子法姆妈问。姆妈这么一问，子法眼睛里的光就灭掉了。

"玉林有。玉林喜欢打乒乓球。球破了他也拿回家里来。玉林手巧，我叫他做一个，明早拿给你，子法你看好不好？"永祥说。

"好、好！再好不过了。"子法、子法姆妈和子法老婆脸上都露出了喜色。

"姆妈，我同你一道立在外头。"子法老婆看着她的婆婆说。子法老婆大眼睛、大胸脯、大屁股，嫁到子法家，生了两个女儿，婆婆和丈夫一句不好听的话都没有。

"媳妇，你不好立我旁边，你立在那里，子法怎么办呢？人家要说子法的。"婆婆说。

"说就说嘛。"媳妇说。

"不好不好，这样不好。"婆婆说。

"你一个人立在外头，人家要说子法和我两个人嘞。"媳妇说。

"说两个人比说一个人好。"婆婆笑了笑说。

"那么就一个人吧。"永祥说。

"就是么，永祥说得对。听永祥的，永祥是生产队干部。"婆婆说。

四个人将第二天会议的事情商量落定，永祥亮开嗓子喊玉芬下楼。

子法一家将永祥父女送出门，看着一大一小两个背影消失在夜幕里。

"爸爸，明天铁定要开会吗？"玉芬的声音，在夜晚的冷空气里，听上去有点发抖。

"嗯。"永祥回答道。

闻二小队的这次会议开得很成功。

一是子法字写得好。子法家西面墙上，"打倒地富反坏右"几个宋体字，占了整面墙。为了让字更加突出醒目，子法用深咖啡色颜料将每个黑字都勾了边。字与字之间的距离，都是量过的，为了字间距一式一样，子法在句子后面专门加了一个感叹号。闻家队的人站在机耕路上看过来，羡慕得要死。"兴修水利，利国利民"写在共育室朝河边的墙上，也是笔挺笔括。这几个字一出现，共育室变得气派起来。有些小人家，恨不得当场就看到自己的爸爸、伯伯、叔叔——全村的全劳力一道，挑着兴修水利的家什，热火朝天地向机耕路走去。

二呢，玉林的乒乓球挂件做得真好啊！玉林这个小人，做起事情来追求尽善尽美。这一点有点像子法写字。玉林将五个破了的乒乓球用刀片对劈开，弄出了十个半球，将这十个半球串联起来，然后在自己的脖子间试了一试，感觉不够长。玉林又用刀片割了两个好的乒乓球，一共十四个半球，整整齐齐，一样大小，连毛边都没有，用一条黑色的头绳串在一起。一开始用的是一根纳鞋底的线，玉林姆妈说用线不好，线太细了，挂在头颈里不舒服。乒乓球挂件挂在子法姆妈的头颈里，大家感觉到蛮好看。会议结束的时候，玉芬问永祥好不好把哥哥做的乒乓球挂件要回来。为了开会的辰光大家看得清楚，子法专门在廊屋的灯头上装上了灯泡。玉林做这个挂件，花了好几个钟头，头绳穿过十四片半球的时候，有一只公鸡打了这个早晨的第一个鸣。

建兴喊口号，喊得也蛮好。雄方到他们家去通知的时候，建兴爸爸不在，出门去做木匠了，建兴姆妈支支吾吾，这个大面孔大胸脯女人，对什么事情都是稀里糊涂的，建兴看了看母亲，答应了下来："雄方伯伯，你放心，我保证完成生产队交给我的任务。"建兴任务完成得很出色。声音洪亮、口齿清爽，而且喊的是普通话，像广播喇叭里的。大家都在说：建兴这个小人，再培养下去，大起来一定可以去公社当干部。

"这次会议开得这么成功，要么第二次也开掉算了。"闻队长抽着烟，对雄方和永祥说。

雄方、永祥只顾抽烟，看着自己的手指头，不说话。

"任务总归要完成的，这几天还算空，再过几日，就要忙起来了。"闻队长语速慢下来，声音也沉了下来。

雄方和永祥还是不说话。

"有另外办法，也可以。你们两个讲讲看。"闻队长将烟屁股扔在地上，伸出脚去用鞋底碾着烟屁股。

永祥从上衣口袋里掏出"劳动"牌香烟，敲出两支发给闻队长和雄方，自己用大拇指和食指扩开香烟盒口子，捏出最后一支，塞到嘴唇间。又掏出火柴，擦着了，给闻队长和雄方点上，最后给自己点上。烧弯了身子的黑炭梗差点就烧到了永祥的手指头。

"开嘛。"雄方说。

"嗯，开。"永祥说。

"那么我们商量一下怎么开法……"闻队长说。

……

雄方拉开办公室的门，永祥跟在他后面，两个人在共育室廊屋下一左一右地伸懒腰。看到玉芬从西面走过来，头颈里挂着她哥哥做的乒乓球挂件。

后

记

有一次，和在校大学生交流，有学生问我的家乡在哪儿，我回答：桐乡。有个男生站起来说，他的童年时代在桐乡度过——他的父母亲在那儿的毛衫市场（位于桐乡市濮院镇的全国最大毛衫市场）做生意。他常去图书馆看书，那儿的生活很好，人也很好，给他留下了非常美好的印象。他这么说的时候，我的心里暖暖的：我的故乡，你曾给异乡人温暖，谢谢你！

我真想像伟大的捷克作家博胡米尔·赫拉巴尔那样，造出一个词来，概括笔下一群独特的人物形象。赫拉巴尔造的这个词捷克语是pabitele，中国的翻译家将它翻译成巴比代尔。赫拉巴尔说：巴比代尔是这样一种人，他们通过"灵感的钻石孔眼"观看世界，他们看到汪洋大海般的美丽幻景，使他们兴奋万分，赞叹不已，于是滔滔不绝地说了起来，在没有人听他们说时，他们便说给自己听。他们讲的那些事情既来自现实，又充满了夸张、戏谑、怪诞和幻想……

和博胡米尔·赫拉巴尔的巴比代尔们不同，我眼中的"他们"，整天忙得脚不点地，心灵手巧又吃苦耐劳，在人际关系中富于弹性留有余地但也不失原则和底线。在人群中，总有一个出类拔萃的人，这些"出类拔萃的人"有才干有领导力，更有"带着大家一起好起来"的仗义精神，却没有江湖气息。低调、谦逊甚至看上去有些不够机灵，但是他们伺机而动、决策果敢、行动迅速。一个不到百万人口的县级市，有十家本土民营上市公司，他们是安乡乐土的基石。我眼中的"他们"，也有过苦痛的历史，有过被曲解，有过遭白眼甚至被侮辱，有忧心有矛盾还有各式各样的烦恼……"他们"里面，也有"掼浪头"的人，有"讲头势"的人，有"猪头三兮兮"的人，有"事不关己高高挂起"的人，有"薅羊毛"的人，有装"大好佬"的人……你走得越远，这些形象就越鲜明越生动，他们整天在我的脑子里窜来窜去的，非"逼"着我拿起笔把他们写下来。

这些形象触达文字的时候，像精灵一般，在我的笔尖舞啊蹈啊跳啊跃啊，令我有时莞尔一笑，有时凝神屏息，有时热泪盈眶，有时潸然泪下……所有这些情感像细浪一般滚滚而来的时候，心田充盈着温暖。温暖，是故乡的底色，是文明的沃土，是生命的希望。

谨以此书献给我慈爱的父亲，我亲爱的姐姐和故乡所有的亲友！

姜一飞

2024 年 11 月